NA COMHARSANA NUA

NA COMHARSANA NUA

Éamonn Ó Loingsigh

Cló Iar-Chonnachta
Indreabhán
Conamara

An Chéad Chló 2008
© Cló Iar-Chonnachta 2008

ISBN 978-1-905560-28-8

Dearadh: Deirdre Ní Thuathail
Dearadh Clúdaigh: Creative Laundry

Bord na
Leabhar
Gaeilge

Foras na Gaeilge

Tá Cló Iar-Chonnachta buíoch de Bhord na Leabhar
Gaeilge (Foras na Gaeilge) as tacaíocht
airgeadais a chur ar fáil.

arts
council
schomhairle
ealaíon

Faigheann Cló Iar-Chonnachta cabhair airgid
ón gComhairle Ealaíon

Clóchur: Cló Iar-Chonnachta, Indreabhán, Conamara
Teil: 091-593307   **Facs:** 091-593362   **r-phost:** cic@iol.ie
Priontáil: Clódóirí Lurgan, Indreabhán, Co. na Gaillimhe.
Teil: 091-593251

CLÁR

1. TEACH AR DÍOL

Bhí Siobhán ina suí sa chistin ag féachaint amach ar an ngairdín. Scairt an ghrian* solas te teolaí isteach sa seomra agus théigh é. Chruthaigh* dathanna deasa an dúlra atmaisféar na tuaithe sa seomra bia. Í féin a roghnaigh na dathanna; ceann dá cuid brionglóidí agus í thall san árasán uaigneach i Queens, Nua-Eabhrac, ná a cistin féin a mhaisiú* ina teach féin.

Brionglóid eile a bhí aici ná ceapach rósanna* ina gairdín féin. Bhí bród uirthi anois ag féachaint amach an fhuinneog, muga caife ina lámh aici agus gliondar ar a croí, gur éirigh léi teacht abhaile go Gaillimh, a baile dúchais, agus gur éirigh léi teach a cheannach ann agus a cuid mianta* a bhaint amach. Bhí sí sona sásta gur fhill siad, í féin agus Liam.

Bhí an fómhar ag teannadh leo*. Ní raibh na rósanna chomh flúirseach anois le hais an tsamhraidh. Bheadh orthu na rósanna a bhearradh go luath, a smaoinigh sí. Bhí scil ag Liam in obair an ghairdín agus thaitin gach saghas garraíodóireachta* leis.

Bhí Siobhán Ní Chearnaigh pósta le Liam Ó Maoilmhín le seacht mbliana anois. B'as cathair na Gaillimhe iad. Bhí aithne acu ar a chéile ó bhí siad óg.

Chuaigh siad chuig scoileanna difriúla ach bhíodh an bheirt acu le chéile ar an mbus ar an mbealach abhaile ón scoil. Lean an bheirt acu ag dul amach le chéile tar éis dóibh an Ardteistiméireacht a chríochnú. D'fhreastail siad ar an ollscoil le chéile. Chinn siad ar phósadh nuair a bhí siad beirt trí bliana is fiche. Ní raibh iontas ar a gcairde ná ar a ngaolta nuair a fógraíodh* an dea-scéala.

D'imigh siad leo anonn go Meiriceá tar éis an phósta le hairgead mór a charnadh. D'oibrigh siad go crua, eisean ag obair le comhlacht ríomhaireachta, Siobhán ag obair mar bhainisteoir i mbialann de ló, agus uaireanta d'oíche. Bhí carnán deas airgid saothraithe* acu agus réitigh an saol nuaphósta go hiontach leo, ach scaití bhí deacrachtaí acu toisc méid agus brú na hoibre. Tar éis trí bliana d'fhill siad ar Éirinn ar saoire. Chonaic siad tithe nua á dtógáil in eastát galánta i mbruachbhaile agus cheannaigh siad ceann acu. Bhí siad an-sásta leis an teach. Thug siad aghaidh ar Mheiriceá arís. Lean siad orthu ag obair go crua ach an uair seo ní raibh a gcroí san obair.

Bhí fonn ar Shiobhán, go háirithe, filleadh ar Éirinn. D'airigh sí uaithi* a muintir agus go mór mór a máthair. Bhí an teach ceannaithe acu agus ní raibh le déanamh ach é a mhaisiú. Cén fáth nach rachaidís abhaile? Ní raibh fonn abhaile chomh mór sin ar Liam. Chreid sé go raibh tuilleadh airgid ag teastáil uathu. Ní raibh Siobhán sásta ann. Thosaigh achrann agus argóint eatarthu. Ba í Siobhán a bhuaigh an t-aighneas.

"Nílimse ar mo shuaimhneas anseo ar chor ar bith.

Ní féidir dul amach am ar bith, ar eagla ionsaí nó gadaíochta. Bheadh Gaillimh sábháilte agus bheadh saoirse againn. Ní bheadh imní ná eagla orainn, bheadh ár gcairde is ár ngaolta thart orainn agus . . . agus . . . bhuel, bheadh Gaillimh níos fearr mar áit le clann a thógáil . . . Táimse ag dul abhaile!" a d'fhógair sí go neamhbhalbh*.

Bíodh is nach raibh croí Liam chomh mór sin san obair is a bhí nuair a tháinig siad an chéad uair, thaitin Meiriceá leis; thaitin a chuid oibre agus an t-airgead mór a thuill sé go mór leis. Réitigh meon na Meiriceánach níos mó leisean ná mar a réitigh sé le Siobhán. Rinne sé a chuid oibre le fonn agus le flosc agus fuair sé cúiteamh* as a dhíograis le féiríní rialta: dearbháin*, earraí úsáideacha tí, scáthanna báistí, fillteáin, earraí spóirt, lacáistí* do dhrámaí nó do scannáin nua agus, ar ndóigh, cuireadh chun dinnéir nuair a tháinig stiúrthóir nó bainisteoir tábhachtach ar cuairt chuig a bhrainse siúd den chomhlacht ilnáisiúnta domhanda*.

Bhí intinn Liam anonn is anall i gcaitheamh na seachtaine sin. Bhí tost sa chaidreamh eatarthu, bearna bheag ag oscailt go mall. Mheáigh Liam cúrsaí*. Chinn sé ar labhairt lena bhainisteoir pearsanra faoin ábhar a bhí idir chamáin acu sa bhaile. Bhí sé an-tuisceanach faoi agus dúirt nár mhaith leis an gcomhlacht a leithéid a chailleadh. Luaigh sé go bhféadfadh Liam post a fháil i bhfochomhlacht ríomhaireachta dá gcuid i nGaillimh. Bheadh nasc aige leo go hindíreach ar an gcaoi sin. Shásaigh sé sin Liam;

bhí fadhb na hoibre in Éirinn réitithe aige. Bheadh sé faoi chomaoin ag a bhainisteoir stiúrtha agus ag a chomhlacht ríomhaireachta thall i Meiriceá, áfach. Déanta na fírinne, d'airigh sé uaidh comhluadar na Gaillimhe agus compord an tsaoil sa bhaile. Ní ar Shiobhán amháin a bhí tinneas baile, mar sin de, ach ní déarfadh seisean amach go hoscailte é.

Bhí geilleagar an Tíogair Cheiltigh trasna an Atlantaigh faoi bhorradh. Bheadh gach rud ar fheabhas. Theastaigh uaidh freisin a bhean chéile a shásamh. Bhí tost na laethanta seo á chéasadh. Chinn sé ar ghéilleadh di. D'inis Liam dá bhean chéile an tráthnóna sin go raibh an ceart aici. D'airigh sise níos fearr.

"Tá go maith, is leor beagnach ceithre bliana a chaitheamh san áit," arsa Liam ag am béile tar éis babhta tosta. "Beidh an t-eastát tógtha faoin am seo. Ní bheidh le déanamh againn ach carr a cheannach, an teach a mhaisiú, agus maidir le post, bhuel, tá ceann faighte agam cheana féin," ar seisean.

Bhí dhá chroí uirthi* nuair a chuala sí an scéal iontach seo óna fear céile grámhar. Bhí an oiread sin de ghliondar ar Shiobhán gur ghlaoigh sí ar a cairde a bhí le teacht ar cuairt chucu an tráthnóna sin, chun an choinne a chur ar ceal. D'fhág an bheirt shona an t-árasán beag a raibh siad ina gcónaí ann gur thug siad aghaidh ar theach tábhairne áitiúil a raibh tarraingt na nÉireannach thall air agus rinne ceiliúradh* go maidin.

D'fhill muintir Uí Mhaoilmhín ar Ghaillimh gan

aon rud a rá le duine ar bith abhus. Lá amháin leag siad cos isteach i dteach Uí Chearnaigh agus nuair a chonaic Bean Uí Chearnaigh a hiníon, ba bheag nár thit sí as a seasamh. Bhí cóisir acu an oíche sin.

Shocraigh siad síos sa teach nua, ceann scoite* in eastát galánta*. Daoine a raibh ag éirí go maith leo sa saol a bhí mar chomharsana acu. Bhí ag éirí go maith leo féin sa saol. Fuair Liam an post a gealladh dó. Rinne sé cinnte de go mbíodh sé poncúil* agus dílis* don chomhlacht. Ghlac sé le mana an chomhlachta – dílseacht is dual dúinn de shíor. Ba gheall le lúb beag de shlabhra ollmhór* é, agus é de fhreagracht air féin agus ar gach duine eile bheith ag obair ar son rath an chomhlachta, ag cinntiú go ndéanfaí brabús* i gcónaí. Bhí dea-iompar agus díograis ag teastáil. Ní ghlacfaí le dada eile ach é. Dhearbhaigh an t-inimirceach* dóibh go raibh an cinneadh ceart déanta acu nuair a d'fhostaigh siad é. Bheadh sé ina scothoibrí. Fuair Siobhán post mar bhainisteoir acmhainní daonna i gcomhlacht clódóireachta áitiúil ach ní raibh an brú céanna oibre uirthi féin is a bhí ar Liam.

Bhí siad beirt go breá sona agus socair sa teach nua. Mhaisigh siad an teach, seomra ar sheomra. Caitheadh airgead Mheiriceá go tapa. Bhí post maith agus teacht isteach rialta* acu. Bhí geilleagar folláin láidir i bhfeidhm sa tír agus ba bheag údar gearáin a bhí acu, flúirse de gach cineál ag gach duine. Ní raibh aon chall le streachailt* ar chor ar bith, a bhuíochas do bhúireadh an Tíogair Cheiltigh. Fós féin ba bhreá le Siobhán seomra gloine ar chúl an tí. Chuir siad rompu airgead a choigilt*. Ní raibh clann orthu fós agus ba bhreá leo leanbh a bheith acu.

Léim cnaipe an chitil – bhí an t-uisce fiuchta. Cupán eile caife. Chuala Siobhán an doras tosaigh ag oscailt. Liam agus duine leis ag teacht isteach. É féin agus Fionnbarra a bhí ann – ba é Fionnbarra an chomharsa a raibh cónaí air trasna an bhóthair uathu. Bhí Liam agus Fionnbarra an-chairdiúil le chéile; bhídís ag rith agus ag imirt cluichí leadóige le chéile. Thaitin comhluadar Fhionnbarra go mór le Liam. Phóg Liam Siobhán agus bheannaigh Fionnbarra di.

"An mbeidh caife agaibh?" ar sí.

"Ara beidh, agus b'fhéidir rud níos láidre. Tá scéala ag Fionnbarra dúinn. Inis amach é, a chara," arsa Liam.

"Tá mé féin agus Nicola ag dul ag pósadh," ar sé go ríméadach.

"Comhghairdeas," arsa Siobhán agus áthas mór uirthi.

Phóg sí é. D'inis Fionnbarra an scéal ar fad dóibh. B'as Luimneach an bheirt acu agus bhí socraithe acu* ar dhul ag cónaí ann. Gheall sé dóibh go mbeadh cuireadh bainise acu. Dúirt sé nár thaitin sé leis Gaillimh a fhágáil, agus go háirithe an teach álainn agus an t-eastát deas socair síochánta, ach go bhfuair sé post nua i gcathair Luimnigh agus go mbeadh sé in ann suíomh a fháil óna mhuintir féin agus teach a thógáil air leis an airgead a gheobhadh sé as an teach a dhíol i nGaillimh. Bhí praghsanna an-arda ar thithe i nGaillimh, go háirithe ina n-eastát breá féin, Páirc an tSrutháin. D'aireoidís Fionnbarra uathu. An oíche sin chuaigh an triúr acu amach ag ceiliúradh. Seachtain ina dhiaidh sin bhí comhartha "AR DÍOL" ar crochadh i ngairdín tosaigh Fhionnbarra.

2. Úinéirí Nua

Bhí páirc bheag ghleoite le sruth deas uisce ag rith tríthi in aice le heastát Pháirc an tSrutháin agus is uaidh siúd a fuair sé a ainm. Bhí nós ag Siobhán agus ag Liam dul ag siúl sa pháirc sin. Áit álainn shíochánta ba ea í. Bhí dathanna áille an fhómhair le feiceáil, aer úr folláin ag bualadh a n-aghaidhe, suaimhneas agus sonas orthu agus iad ag spaisteoireacht* tríd an bpáirc.

D'fhill siad ar a dteach tar éis na siúlóide. Bhí an teach ag muintir Uí Mhaoilmhín istigh i gcoirnéal an eastáit*, áit dheas phríobháideach. Níor chuir siad an méid sin aithne ar dhaoine eile ach amháin ar na daoine a raibh cónaí orthu díreach in aice leo. Bheannaigh siad do dhaoine eile ach níorbh fhéidir leo a rá go raibh aithne acu orthu. Bhí teach Fhionnbarra suite ar aghaidh a dtí agus bhí teach eile in aice leo a bhí ligthe amach ar cíos ag Alfie, léachtóir ón gcoláiste áitiúil – tionóntaithe ciúine, sibhialta iad muintir an tí úd.

Bhí ceantálaí* ina sheasamh ag teach Fhionnbarra. Labhair sé go cairdiúil, plámásach leo.

Dúirt sé leo gur cheart dóibh an teach eile a

cheannach iad féin agus go mbeadh cúl an eastáit ar fad ina seilbh* acu.

"Tá sé sách dian morgáiste* ar theach amháin a íoc gan trácht ar an dara ceann," arsa Liam, á fhreagairt chomh cairdiúil céanna agus iad ag dul isteach ina dteach.

"An bhfuair tú aon úinéir nua dó?" a d'fhiafraigh Siobhán de.

"Sílim go bhfuil duine agam, ceart go leor. Duine as Luimneach, fear gnó éigin," a d'fhreagair sé. "Caithfidh sé deifriú mar beidh praghas na dtithe ag ísliú go luath," a lean sé air.

"An gceapfá é sin?" arsa Liam go fiosrach.

"Sin a cheapfainn: an praghas ag ísliú agus an morgáiste ag ardú. Fan go bhfeice tú," arsa an ceantálaí agus é ag suí isteach ina charr, deifir air dul chuig teach eile agus margadh eile a chríochnú nó a thosú.

Chuir Liam síos tine. Tharraing sé an tolg isteach in aice leis an tinteán. D'oscail Siobhán buidéal fíona. Tháinig sí isteach ón gcistin leis an mbuidéal agus dhá ghloine ina glac* aici. Chuir Liam DVD isteach sa seinnteoir. Dhún Siobhán na cuirtíní agus d'ísligh sí na soilse. Shocraigh an bheirt acu iad féin go compordach ar an tolg. Ní raibh aon lánúin nuaphósta chomh sona leo in aon áit eile sa tír seo. Ní raibh an scannán thar mholadh beirte. Ba chuma leo. D'ordaigh siad *pizza* ón mbialann mhearbhia áitiúil, agus faoin am ar seachadadh dóibh é bhí an dara buidéal fíona oscailte ag Liam. Shocraigh siad dul a luí go luath an oíche sin. Bhí siad beagán súgach*.

D'fhéach Liam amach an fhuinneog sula ndeachaigh sé suas an staighre.

"Tá an t-ádh orainn gur fhágamar Queens," ar sé. "Níl áit níos deise ar domhan ná an áit seo."

"Cinnte, a ghrá," arsa Siobhán.

Bhí an bheirt acu ina seasamh ag bun an staighre. Mhúch Liam an solas. Chas sé timpeall. Bhí siad sa dorchadas agus bhí mothú draíochta eatarthu. Bhí ciúnas ann. Phóg Liam Siobhán go héadrom, rúnmhar. Bhí aoibhneas an ghrá uirthi agus airsean freisin. Phóg sé arís í, go paiseanta* an uair seo. Phóg siad a chéile gan staonadh.

"Suas an staighre linn," arsa Siobhán, "agus déanfaimid iarracht an chlann sin a thosú mar a gheallamar thall i Meiriceá."

An oíche sin rinne siad a seacht ndícheall clann a thosú.

Maidin Dé Domhnaigh, seachtain agus dhá lá tar éis dóibh labhairt leis an gceantálaí, bhí fuadar faoi dhaoine* ag dul isteach is amach as an teach trasna an bhóthair. Chodail Siobhán is Liam sa seomra codlata ar chúl an tí ach d'fhéach Liam amach an fhuinneog sa seomra suí nuair a bhí sé ag ullmhú bhricfeasta na maidine dóibh. Ba mhinic dó bricfeasta a ullmhú agus a thabhairt aníos chuig Siobhán.

"A Shiobhán, tá fir oibre ag iompar troscáin isteach i dteach Fhionnbarra," a dúirt Liam léi nuair a tháinig sé aníos.

Luigh Liam siar sa leaba, crosfhocal á scrúdú aige. Amach as an leaba le Siobhán agus isteach léi go dtí an seomra codlata i dtosach an tí, an ceann le cúpla bosca agus éadaí spóirt Liam caite timpeall ann. D'oscail sí na cuirtíní beagán. Bhí leoraí troscáin ina sheasamh taobh amuigh de theach Fhionnbarra. Bhí buíon fear ag iompar earraí an tí isteach sa teach agus bhí cuma luachmhar ar an troscán ar fad. Tháinig an ceantálaí agus a ghiolla oibre leis.

Chroch an fear oibre an comhartha "DÍOLTA" ar bharr an chomhartha* "AR DÍOL". Labhair an ceantálaí go plámásach leis na hoibrithe troscáin. Choinnigh Siobhán na cuirtíní socair ar eagla go bhfeicfeadh na daoine í ag féachaint amach orthu.

"Caithfidh go bhfuil siad an-saibhir," ar sise os ard.

"Céard?" arsa Liam. Ní raibh sé ag éisteacht léi, róthógtha leis an gcrosfhocal. "Beidh do chuid caife fuar mura dtagann tú ar ais," ar sé.

Bhí sí an-fhiosrach* agus í ag smaoineamh ar na comharsana nua. Ba chuma le Liam, bhí focal amháin fágtha aige sa chrosfhocal.

An tráthnóna sin tháinig na comharsana nua. Bhí Siobhán agus Liam sa seomra suí, agus iad ag léamh nuachtán. Tharraing carr mór isteach sa charrchlós trasna an bhóthair uathu. Sheas fear beag ramhar, téagartha* amach as an gcarr, croiméal air, a cheann maol seachas foilt thiubha* ar na taobhanna. Bhí sé i lár na ndaichidí, dar leis an lucht féachana abhus*. Bhí rud éigin cearr lena shúil dheas agus chaith sé miotóg ar a lámh dheas. Bhí éadaí galánta á gcaitheamh ag an mbeirt acu. Bhí sise níos óige ná é, timpeall tríocha bliain d'aois; fionn a bhí a cuid gruaige – fionn buidéil* – í tanaí, giodamach. D'fhéach siad timpeall orthu.

Sheas Liam agus Siobhán siar ón bhfuinneog ar eagla go bhfeicfeadh an lánúin eile iad agus iad á scrúdú. Shiúil an bheirt ón gcarr mór go dtí doras an tí nua. Ansin d'oscail an fear an doras agus d'iompair sé an bhean thar thairseach an tí nua*. Rinne Siobhán gáire ag breathnú ar an spraoi ar fad.

3. DINNÉAR MÓR

Bhí seachtain amháin caite ó chonaic siad na comharsana nua ag teacht ach fós níor bhuail muintir Uí Mhaoilmhín leo. Shíl Siobhán gur cheart dóibh dul anonn chucu agus iad féin a chur in aithne dóibh. Ní raibh Liam róthógtha leis an smaoineamh sin.

Bhí an lánúin a tháinig abhaile ó Mheiriceá ag obair leo chomh dícheallach* abhus is a bhí siad thall. Bhí nós acu an dinnéar a ithe sa tráthnóna tar éis lá oibre. Bhí babhtáil ar siúl eatarthu ag ullmhú béilí, dhá lá an duine acu agus ansin dinnéar Dé hAoine amuigh le cairde ag am lóin.

Tráthnóna Dé Céadaoin thosaigh comhrá eatarthu agus iad ag ithe a ndinnéir.

"Tá siad an-ait, nach bhfuil?" a thosaigh Siobhán.

"Cé?" arsa Liam.

"Na comharsana thall?"

"Cén chaoi?"

"Níl siad róchairdiúil, an bhfuil?" ar sí. "Ní fheicimid iad riamh."

"Is fíor duit," arsa Liam go réchúiseach agus é ag athrú na gcainéal teilifíse leis an gcianrialtán*. "Ara, buailfimid leo uair éigin," arsa Liam. "Seans go bhfuil siad cúthail nó gur fearr leo príobháideachas a bheith acu. Bíodh acu. Tá cead ag chuile dhuine a rogha rud a dhéanamh; nárbh amhlaidh a bhí cúrsaí againn féin i Meiriceá?"

"Ach seo Gaillimh!" arsa Siobhán go ceisteach.

"Sea, agus tá athrú tagtha ar Ghaillimh anois. Tá sí cosúil le gach cathair eile, mór agus neamhphearsanta*," ar seisean.

Bhí an nuacht tosaithe agus theastaigh uaidh féachaint uirthi. Sin mar a bhí cúrsaí an tsaoil idir an bheirt a tháinig abhaile ó Mheiriceá.

Tháinig an deireadh seachtaine agus bhí an bheirt acu amuigh sa ghairdín cúil* ag cur caoi ar an ngairdín don gheimhreadh. Bhí Siobhán ag bailiú fiailí* agus duilliúr agus Liam ag tógáil teachín éan. Bhí an aimsir go deas geal ach fuar. Bhí Siobhán ag cur carn duilliúr le chéile. Bhí an scuab fágtha amuigh sa ghairdín tosaigh aici agus amach léi lena fáil. Nuair a tháinig sí ar ais, bhí sí ar cipíní*.

Chuir sí cogar i gcluas Liam.

"Is *bimbo* í!" arsa Siobhán.

"Céard?" arsa Liam agus ionadh air.

"An bhean thall! Tá mé tar éis labhairt léi."

Mhínigh sí gur casadh a comharsa uirthi, gur chuir sí í féin in aithne di. Dúirt sí gur Debbie an t-ainm a bhí ar an mbean eile, nach raibh fonn mór cainte uirthi agus nuair a chuir sí fáilte roimpi gur leath straois gháire* ó chluas go cluas uirthi agus cloigeann folamh ina lár. Ansin dúirt sí go raibh deifir uirthi dul isteach sa teach mar go raibh "sé féin" ag fanacht uirthi agus go raibh sí déanach.

"Aon rud eile?" a d'fhiafraigh Liam di.

"Tada eile."

"Ar cheart dúinn cuireadh a thabhairt dóibh teacht ar cuairt le haghaidh dinnéir oíche éigin?" a d'fhógair Siobhán ar ball agus í ag bearradh tom rósanna agus ag machnamh faoi ábhar na gcomharsan nua.

"Bhuel," arsa Liam, "seans gur daoine príobháideacha iad."

"Seans," arsa Siobhán.

Lean an bheirt acu ar aghaidh ag cóiriú agus ag cur caoi ar an ngairdín. Bhí an teachín éin ar crochadh ag Liam ar an mballa mór bán ar thaobh clé an ghairdín, balla idir a dteach siúd agus teach an léachtóra, Alfie. Bhí obair an tráthnóna beagnach críochnaithe. Bhí sé ina chlapsholas. Líon siad an bosca bruscair orgánaigh.

Chuaigh Liam amach go dtí an gairdín tosaigh leis na huirlisí gairdín a thabhairt isteach. Bhí Siobhán ag scuabadh an chlóis nuair a chuala sí glór Liam agus d'éist go géar. Bhí Liam ag caint le duine éigin.

Dúisíodh fiosracht Shiobhán agus seo léi isteach go dtí an seomra suí. Lig sí uirthi go raibh sí ag fáil irise, d'fhéach sí amach an fhuinneog go sciobtha agus chonaic sí Liam ag caint leis an bhfear nua ón teach thall. Bhí rud éigin ina lámh ag mo dhuine.

Amach léi go cúl an tí agus thosaigh sí ag scuabadh taobh-bhealach* an tí, bíodh is go raibh sé déanta aici cheana. Shroich sí barr an bhealaigh agus ansin an gairdín, áit a raibh Liam ag caint leis an gcomharsa.

"Ó, seo Siobhán, mo bhean chéile," arsa Liam leis an strainséir. "Seo Labhrás Ó Dúill ó Londain, ár gcomharsa nua."

"Dia dhuit," arsa Siobhán. "Tá fáilte romhat."

"Seo, a Liam, an gcríochnóidh tusa an chuid eile?" ar sí leis go múinte gealgháireach mar a bheadh sí ag iarraidh dul i bhfeidhm ar an gcomharsa nua.

Níor thuig Liam céard a bhí ar siúl ag a bhean. Bhí sé cinnte gur scuabadh an áit go pioctha* glan ach thóg sé an scuab agus thosaigh sé ag scuabadh. Le linn dó a bheith á dhéanamh bhí Siobhán agus Labhrás ag comhrá leo go meidhreach. Bhí babhla siúcra ina lámh aige.

"An bhfuil siúcra uait?" a d'fhiafraigh Siobhán de.

"Tá," ar sé agus é ag tabhairt an bhabhla di.

Nuair a thóg sí é thug sí faoi deara go raibh an babhla trom. D'ardaigh sí an claibín agus chonaic sí go raibh an babhla lán le siúcra. Thosaigh an bheirt fhear ag gáire. Jóc* a bhí ann.

"Rinne sé an rud céanna ormsa níos luaithe," arsa Liam.

"Nach mbíonn comharsana nua ag lorg siúcra i gcónaí?" arsa Labhrás go spraíúil.

Tháinig an bhean chéile amach.

"Seo Deborah," arsa Labhrás. Rinne sí gáire mór, fiacla geala bána á dtaispeáint aici.

Lean an ceathrar acu ag comhrá faoin teach a bhí ceannaithe ag na comharsana nua, na hathruithe a dhéanfaidís, an t-eastát álainn agus mar sin de. Labhrás a rinne an chaint ar fad, Deborah ag aontú leis agus í ag croitheadh a cinn agus ag síorgháire*. Thug Siobhán cuireadh dóibh teacht ar cuairt le haghaidh dinnéir, le haithne cheart a chur ar a chéile.

Nach mbeadh cónaí orthu gar dá chéile ar feadh i

bhfad. Bheidís ag brath ar a chéile le haghaidh siúcra nó a leithéid, a smaoinigh Siobhán.

Ghlac muintir Uí Dhúill, na comharsana thall, leis an gcuireadh chun dinnéir ó mhuintir Uí Mhaoilmhín, na háitreabhaigh* abhus. Déardaoin an tráthnóna a socraíodh don teacht le chéile.

D'fhág siad slán ag a chéile. Nuair a bhí siad ag imeacht óna gcomharsana nua, tharraing veain isteach sa choirnéal den eastát deas ciúin.

"Ó, an crann solais*!" arsa Deborah.

"Bhí sé thar am acu teacht leis," arsa Labhrás.

Isteach le Siobhán agus Liam. D'fhéach siad amach an fhuinneog agus chonaic siad giollaí oibre ón siopa soilse is daoire sa chathair ag iompar an earra álainn chostasaigh isteach sa teach, iad an-chúramach leis.

Labhair an bheirt abhus faoin mbeirt thall. Ba é a dtuairim abhus gur fear spórtúil é Labhrás, lán de mhagadh. Cheap siad go raibh Deborah beagán dúr agus cúthail*. Bhí rud amháin cinnte faoi na comharsana nua – go raibh neart airgid acu. Thaitin siad le muintir Uí Mhaoilmhín ar an toirt ach bhí cineál eagla orthu nach raibh siad féin chomh rachmasach céanna.

An oíche sin agus iad amuigh le haghaidh deoch shóisialta chaith Siobhán agus Liam an t-am ar fad ag insint dá seanchairde faoina gcairde nua: na daoine cairdiúla, ardnósacha, saibhre seo. Nach orthu a bhí an t-ádh!

Bhí fuadar mór faoi Shiobhán ag réiteach an dinnéir mhóir ar an Déardaoin. Cad a d'ullmhódh sí? Arbh fhearr leo sicín nó mairteoil? Béile Iodálach nó Síneach nó Indiach? Seans gur feoilséantóirí* iad! An chéad chúrsa, agus cén mhilseog? Fíon bán nó dearg – an dá cheann, b'fhéidir? Bhí an bhean bhocht cráite ag iarraidh an bhéile ab fhearr a thabhairt dóibh. Bhí sí ag glanadh, ag ní, ag cur snasa ar líon mór rudaí i ngach seomra. Bhí Liam bocht céasta aici chomh maith. Cheap seisean nach raibh gá ar bith leis an méid sin glantacháin*, go raibh sí ag dul thar fóir le gach rud ach fós féin chabhraigh sé lena chuid féin den ghlantachán.

"Cén t-ainm a thabharfaimid uirthi, Debbie nó Deborah?" arsa Siobhán agus í ag críochnú a cuid ullmhúcháin.

"Níl a fhios agam," a d'fhreagair Liam. "Fan go ndéarfaidh siad féin é agus bainfimid úsáid as an leagan sin."

"Dála an scéil," a lean Liam air, ag ligean a scíthe tar éis babhta glantacháin, "cárb as iad, Londain nó Luimneach? Londain, a dúirt siad féin ach dúirt an ceantálaí gurbh as Luimneach na daoine a bhí ag ceannach an tí. Níl canúint Shasana acu, an bhfuil?"

"Níl," ar sí, gan aird aici ar chaint a fir chéile, í gafa ag cóiriú bhord na cistine don bhéile mór.

Bhí na cuairteoirí beagáinín déanach ag teacht. Bhí bláthanna áille ag Deborah do Shiobhán agus thug Labhrás buidéil fíona, roinnt cannaí beorach agus buidéal uisce beatha leis chomh maith. D'ól siad ceathrar deoch roimh an mbéile agus óladh tuilleadh le linn an bhéile. Caoireoil a d'ullmhaigh Siobhán le hanlann álainn blasta. Bhí gach rud go foirfe* ach bhí

Siobhán beagán míshásta mar go raibh an bia beagán dóite*.

Dá mbeidís anseo in am, ní bheadh aon rud dóite, a smaoinigh sí ina hintinn féin ach ar ndóigh ní dúirt sí dada.

"Deborah" a thug Labhrás ar a bhean chéile. Ní raibh á chaitheamh aigesean ach geansaí gan dada faoi, bríste géine agus bróga reatha – bhí cuma gharbh air. Bhí sise ag caitheamh bríste agus blús bándearg. Shíl Liam agus Siobhán go mbeadh éadaí níos galánta á gcaitheamh acu leis an méid sin airgid a cheap siad a bheith acu.

D'inis Labhrás scéalta greannmhara i rith an bhéile. D'ith siad agus d'ól siad go leor. Tar éis an bhéile bhí níos mó deochanna ag teastáil ó Labhrás. D'ól Liam agus Labhrás cúpla deoch le chéile sa seomra suí agus chabhraigh Deborah le Siobhán na soithí* a chur isteach sa mhiasniteoir*.

Thug Labhrás faoi deara go raibh dhá lampa ar an mballa os cionn an tinteáin sa seomra suí agus chuir sé ceist ar Liam fúthu. D'inis Liam dó gur iarr sé ar an tógálaí iad a chur ann mar ghnéithe breise nuair a bhí an teach á thógáil. Ní dúirt Labhrás faic. Bhraith Liam uaidh go raibh sé in éad leis agus ar buile mar nár chuir Fionnbarra ina theach féin iad.

Thaispeáin Liam an chuid eile den teach dó. Thaitin comhluadar Labhráis leis. Bhí sé níos sine agus níos aclaí ná é féin. Bhí gearradh ar a bhaithis. D'inis Labhrás dó gur bhain timpiste dó i Sasana, gur chaill sé cuid d'amharc a shúile agus gur chaill sé leath a lúidín agus barr mhéar an fháinne ar a lámh chlé. "Timpiste bhóthair ba chúis leis," a dúirt sé.

Shuigh an ceathrar acu sa seomra suí, ag ól agus ag insint scéalta. Insíodh go leor scéalta, muintir Uí Mhaoilmhín ag caint faoin saol i Meiriceá agus muintir Uí Dhúill ag caint faoin saol i Sasana. Blas Éireannach a bhí ar chaint Labhráis agus Deborah. Dúirt Labhrás gur fhág an bheirt acu Luimneach nuair a bhí siad óg, go ndeachaigh siad go Sasana, gur oibrigh siad go crua ann, agus go ndearna seisean a shaibhreas le comhlacht tacsaithe dá chuid féin.

Chinn siad ar theacht abhaile go hÉirinn le saol ciúin compordach, príobháideach a bheith acu, a lean sé air. Níor ghá dó bheith ag obair mar go raibh sé saibhir. Chlaon Deborah a ceann, í ag aontú leis i gcónaí.

Cleachtaí* san ionad aclaíochta a choinnigh aclaí* é, a dúirt sé, ag taispeáint a chuid matán don chomhluadar. Bhí sé i gceist aige ballraíocht* a fháil i gceann acu i nGaillimh. Dúirt Liam go raibh spéis aige féin clárú freisin. Shíl Siobhán nár ghá do Liam dul chuig a leithéid d'áit. Níor theastaigh fear mór matánach* uaithi ach theastaigh ó Liam dul agus bheadh náire uirthi dul ina aghaidh os comhair na gcomharsan*. Dúirt Siobhán go mbíodh sí féin agus a cairde ban ag cleachtadh *Tai Chi* san oíche. Thug sí cuireadh do Deborah teacht léi. Dúirt sí go dtiocfadh sí ach nach raibh sí róchinnte cén sórt spóirt é *Tai Chi*.

D'ól siad an t-uafás an oíche sin. D'oscail Labhrás an buidéal uisce beatha a thug sé leis, gur thosaigh á ól. Bhí muintir Uí Mhaoilmhín ag súil go rachadh muintir Uí Dhúill abhaile mar go raibh obair le déanamh acu an mhaidin dár gcionn ach ní raibh cuma orthu go rachadh.

Sa deireadh thit Deborah ina codladh tar éis a trí a chlog. Bhí fearg ar Labhrás léi. Bhí beagán eagla ar Shiobhán roimhe.

Rófheargach agus ró-ólta a bhí sé, a shíl sí. Ghabh Labhrás a leithscéal leo agus thug sé Deborah abhaile. Bhí áthas ar Liam agus ar Shiobhán go raibh an bheirt eile imithe faoi dheireadh, mar go raibh siad féin traochta.

4. CAIRDE MÓRA

Níor éirigh Siobhán ná Liam in am le dul ag obair an lá dár gcionn. Bhí póit orthu beirt. Chinn Liam ar gan dul isteach chuig an oifig ach d'athraigh sé a intinn nuair a smaoinigh sé ar an íomhá a chruthódh sé de féin agus an easpa dílseachta a thaispeánfadh sé don chomhlacht dá gclisfeadh sé ar an bhfoireann; dá gclisfeadh ar lúb amháin lagódh sé sin an slabhra uile. Chuimhnigh sé freisin cé chomh maith is a chaith an máthairchomhlacht* leis thall i Meiriceá. Ní foláir dóibh mana* an chomhlachta a chomhlíonadh i gcónaí, a smaoinigh sé.

Níor bhac Siobhán le héirí ar chor ar bith. Ghlaoigh sí ar a hoifig agus dúirt leis an mbainisteoir go raibh sí tinn. Chuir sí glaoch ar a cairde agus dúirt sí leo nach mbeadh sí ag casadh leo le haghaidh lóin. Bhí pian uafásach ina ceann. Ní róshásta a bhí sí gur ól sí an oiread sin agus gur chaill sí lá oibre.

Ní raibh bainisteoir Liam róshásta leis nuair a chonaic sé an drochbhail* a bhí air. Chomhairligh sé dó* filleadh abhaile agus an leaba a thabhairt air féin, gan teacht isteach choíche arís le cruth a tharraingeodh droch-chlú agus drochíomhá* ar an gcomhlacht.

᪥

D'airigh Liam an-chiontach* gur chlis sé ar a chairde in Éirinn agus ar a sheanchairde i Meiriceá; peaca marfach í an easpa measa agus easpa dílseachta* seo. Bhí Liam ar buile leis féin freisin, leis an ól agus leis na comharsana nua. Bhí Siobhán ar buile leo chomh maith. An iomarca ólta acu agus drabhlás* gan chiall ar siúl acu.

Dá mbeadh níos mó céille acu ní ligfidís do na daoine nua a saol a reáchtáil, a smaoinigh Siobhán ach ní dúirt sí aon rud le Liam. Ní raibh ann ach ócáid amháin, dar léi – ní tharlódh sé arís.

An oíche sin, oíche Dé hAoine, fuair siad glaoch ó Labhrás ag iarraidh orthu dul amach ag ól. Chum Liam bréag, ag rá go raibh siad ag dul ar cuairt chuig máthair Shiobhán. B'éigean dóibh gléasadh suas agus dul chuig teach mháthair Shiobhán ar eagla go gceapfadh na comharsana nua go raibh siad ag cur dallamullóige* orthu.

Dé Sathairn bhí Liam agus Siobhán ag súil le codladh amach ach ní bhfuair siad an seans. Chuala siad cnagadh ar dhoras an tí. D'fhreagair Liam é. Labhrás a bhí ann. Bhí sé ag dul go dtí an t-ionad aclaíochta, Club Hercules. Mheall sé Liam*, agus ghéill sé dó. Bhí Siobhán le ceangal nuair a chuala sí go raibh sé beartaithe aige dul ann.

B'fhearr leis dul chuig an ionad aclaíochta ná fanacht sa leaba léise, ar sí léi féin.

Bhí a fhios ag Liam go raibh an rogha mhícheart déanta aige ach theastaigh uaidh a bheith cairdiúil leis na comharsana nua.

Nuair a tháinig sé abhaile as Club Hercules, bhí sé ag mothú an-aclaí. Bhí bláthanna aige do Shiobhán, bronntanas síochána. Réitigh sé béile an lae. Bhí sise sásta leis sin. Bhí an bheirt acu go mór i ngrá le chéile. Casadh Labhrás agus Deborah orthu an tráthnóna sin sa bhaile mór. Bhí siad mór le chéile arís. Níor thuig an dream thall go raibh aon dochar déanta.

Ró-réchúiseach*, a cheap Siobhán, nó b'fhéidir gur soineanta a bhí siad.

Tháinig deireadh leis an deireadh seachtaine agus tháinig an chéad seachtain eile. Bhí Siobhán agus Liam an-ghafa lena gcuid oibre agus chabhraigh sé sin le dearmad a dhéanamh ar eachtra na seachtaine roimhe sin.

Tháinig an Aoine. Chuaigh siad amach lena seanchairde scoile. Tháinig an Satharn. Chuaigh siad amach lena gcairde nua. Thiomáin Labhrás isteach go lár chathair na Gaillimhe. Bhí an-spraoi agus an-spórt acu le chéile san ionad ceoil The Parlour. D'ól siad a ndóthain*. D'inis Labhrás dóibh go raibh sé ar intinn aige comhlacht tacsaithe a bhunú i nGaillimh agus dúirt Deborah go bhfuair sí post i siopa geallghlacadóra. Bhí ag éirí go breá le saol nua na beirte i nGaillimh. Bhí siad an-sásta ann agus an-sásta ar fad lena gcomharsana deasa trasna an bhóthair, muintir Uí Mhaoilmhín.

Thiomáin Labhrás abhaile. Bhí faitíos ar Shiobhán

ar eagla timpiste nó Gardaí a bheith amuigh agus cheap sí go raibh sé contúirteach mar nach raibh amharc iomlán ach i leathshúil* ag Labhrás, ach ní dúirt sí tada. Nuair a d'fhill siad chuaigh siad caol díreach* chuig teach Uí Dhúill. Bhí an teach maisithe go galánta, troscán an-daor i ngach seomra. D'ól siad go leor.

Bhí carr ag Liam agus ceann eile ag Siobhán. Mhol Labhrás dóibh ceann amháin a thabhairt dósan ar iasacht agus go dtabharfadh sé airgead dóibh ar an méid a gheobhadh sé air gach seachtain mar thacsaí. Bhí Liam sásta ach bhí amhras ar Shiobhán faoin socrú. Luaigh Liam an seomra gloine agus go mbeadh gach euro agus cent ag teastáil uathu. Ghéill Siobhán. Bhí an grianán* ag teastáil go géar uaithi.

Thosaigh an bheirt fhear ag dul go Club Hercules go rialta. Bhí Liam cinnte go raibh a chuid matán ag dul i méid agus i neart. Réitigh sé féin agus Labhrás go breá le chéile agus bhí airgead ag teacht isteach ó charr Liam a bhí ina thacsaí anois ag Labhrás. Uaireanta thógadh Siobhán síob chuig an oifig óna cara Síle nó ó Liam i gcarr Shiobhán. Scaití theastaíodh síob ó Deborah má bhí sí deireanach; stopadh Liam lena bailiú agus í ag siúl amach as an eastát. D'fhanadh Labhrás ina chodladh go deireanach ar maidin ar nós rí. Bhí cúrsaí ag dul ar aghaidh go maith idir na comharsana ar fad.

Lá amháin tháinig cat strainséartha timpeall an eastáit agus ghlac Labhrás isteach é, ceann liath le stríoca donna ar a dhroim. Níor thaitin cait le Siobhán ná le Liam ach thaitin siad le muintir an tí thall. Bhíodh madra mór breá ag Fionnbarra, ceann álainn gleoite, agus b'in an fáth nach mbíodh aon chat timpeall. Luaigh Siobhán Fionnbarra tráthnóna amháin agus chinn sí glaoch a chur air ach theip orthu a uimhir bhaile a fháil.

Chaith an ceathrar cairde nua neart ama i dteach a chéile. De réir a chéile níor mhinic do Liam agus do Shiobhán dul amach lena seanchairde, na cairde scoile a bhí acu le blianta. Bhí Sharon, cara scoile Shiobhán, ar buile léi agus í ag caint léi ar an bhfón lá amháin. Bhí sí ag tabhairt amach di toisc dearmad a bheith déanta aici ar a cuid cairde ar fad, go raibh éirí in airde* orthu, gurbh fhearr leo a gcairde saibhre ná iad. Shíl Siobhán go raibh Sharon ag déanamh áibhéile* den scéal. Nuair a d'inis Siobhán an scéal do Liam, ní raibh le rá aige ach go raibh comhluadar níos fearr acu anois. Bhí na seanchairde leadránach, dar leis.

Chonacthas Liam agus Labhrás go minic le chéile faoi seo. Bhí siad ag dul go Club Hercules cúpla uair in aghaidh na seachtaine. D'iarr Siobhán ar Deborah dul chuig ranganna *Tai Chi* léi agus tar éis í a mhealladh chuaigh sí ann ach ní raibh cuma ná caoi uirthi leis na gluaiseachtaí. Bhí Siobhán cinnte go raibh Deborah dúr*, agus bhí amhras uirthi fúithi freisin ar chúis éigin. Shíl sí nach raibh sí oscailte léi mar a bhí a cuid cairde eile. Agus cén fáth a raibh uirthi dul ag obair má bhí siad chomh saibhir sin? D'fhan Labhrás sa bhaile i gcónaí agus chuaigh gach duine eile san eastát chuig a gcuid oibre, é féin agus an cat mór liath a d'fhéach amach an fhuinneog mar a bheadh rí ann, ramhar agus millte.

D'éirigh Siobhán tinn san oifig maidin amháin. Thug a cara Síle abhaile í. Chuir an radharc a chonaic siad san eastát iontas orthu agus beagán de scanradh ar Shiobhán. Bhí an *cul de sac* beag ag cúl an eastáit lán le tacsaithe. Bhí ceann i loc* Uí Mhaolmhín, i loc Alfie, i loc Labhráis, ar na cosáin agus ar gach taobh den bhóthar. B'éigean do Shíle an carr a stopadh i bhfad ón teach. D'fhág Siobhán slán aici agus shiúil sí go dtí a teach. Bhí na cuirtíní dúnta agus na fuinneoga ar oscailt i seomra suí theach Labhráis. Chuala sí gleo ag teacht as, corrbhéic agus ansin ciúnas agus ansin scata fear ag béicíl le chéile mar a bheidís ag féachaint ar chluiche peile.

D'éirigh Siobhán fiosrach. In áit dul díreach go dtí a teach féin chuaigh sí anonn chuig teach an ghleo. Bhí an cat liath ina shuí ar thairseach an dorais. Mhothaigh Siobhán míshuaimhneach* ach bhí fonn fiosrachta uirthi. Gan choinne d'oscail duine éigin an doras go tobann. Baineadh geit aisti agus d'éirigh sí trína chéile. Fear ard matánach le gruaig dhubh ghearr ar a chloigeann, gan a bheith bearrtha, leicne dearga aige, fiacla beaga ina bhéal agus súile fiáine ina cheann. Bhí guaillí an-leathana air cosúil le duine a bheadh ag cleachtadh san ionad aclaíochta, bhí a léine oscailte aige, a chliabhrach* ag brú amach tríd an léine agus tatú de chailín nocht le feiceáil air.

"Ó, gabh mo leithscéal. Tá mise i mo chónaí trasna an bhóthair agus níl aon bhainne sa teach agam," ar sise agus í ag taispeáint a tí lena méar, "agus cheap mé go dtabharfadh Labhrás crúiscín nó lítear bainne dom, sa tslí nach mbeadh orm dul go dtí an siopa," a dúirt sí amach go místuama, leithscéalach.

"Cinnte," arsa an fear mór ard. "Cuirfidh mé ceist ar Labhrás. Tar isteach." ar sé de ghlór garbh toll*.

Sheas Siobhán i halla an tí. Tháinig an cat isteach ina diaidh gur rith suas an staighre. D'oscail an fear matánach doras an tseomra suí, agus bhí radharc ag Siobhán ar an scata fear* a bhí ina suí istigh ann. Bhí Learaí ina shuí ar shuíochán breá galánta, cuma ríoga air i measc a chuid searbhóntaí. Ghlaoigh an fear mór amach, "Learaí, an bhfuil bainne le spáráil agat don chomharsa trasna an bhóthair?"

Níor thóg sé a shúile den scáileán teilifíse agus d'fhreagair sé, "Sa chuisneoir."

Leath a béal ar Shiobhán nuair a chonaic sí go raibh an seomra lán le fir, le deatach, le cannaí beorach agus súile gach duine acu sáite i mná nochta ar an scáileán os a gcomhair. Bhí déistin ar Shiobhán. Níor chorraigh Labhrás le labhairt léi agus sheas sí ansin sa halla. Dhún an fear ard matánach doras an tseomra. Thug sé faoi deara go bhfaca an cuairteoir cad a bhí ar siúl istigh agus thosaigh sé ag straoisíl*. Shiúil sé go dtí an chistin. Bhí bróga reatha buí agus bríste de chulaith reatha ghorm á gcaitheamh aige. Bhí barr a thóna le feiceáil beagán os cionn a bhríste. Nuair a chrom sé síos ag an gcuisneoir taispeánadh níos mó dá thóin. Tháinig fonn múisce ar Shiobhán. "Uch," ar sí os ard. D'fhéach an duine garbh suas agus thug sé faoi deara go raibh déistin ar Shiobhán.

Bhí an bhean bhocht ag an doras, í ag breathnú air.

Sheas sé san áit ina raibh sé, chuir a lámh síos go dtí a chulaith ach in áit í a tharraingt aníos chuir sé a lámh isteach i dtóin a chulaithe agus thochais sé a thóin. Ansin rinne sé gáire gránna. Chas sí uaidh agus déistin uirthi. Tháinig sé ar ais leis an mbainne. Ní raibh fonn uirthi an bainne a thógáil. Shín sé an bainne chuici leis an lámh a thochais a thóin. Ní raibh sí in ann féachaint san aghaidh air, í ag féachaint ar an urlár agus ar na bróga buí. Nuair a thug sé an bainne di scaoil sé racht mór gáire as, gáire mór gránna. Ní dúirt Siobhán dada ach d'iompaigh sí timpeall agus thug sí do na sála é* amach an doras, déistin uirthi. Sheas fear ard na mbróg reatha buí sa doras ag breathnú uirthi, áthas air lena iompar brocach.

Chaith Siobhán an lítear bainne isteach sa bhosca bruscair chomh luath is a shroich sí a teach féin. Nigh sí a lámha, chuir síos an citeal le haghaidh cupán caife agus rinne iarracht dearmad a dhéanamh ar eachtra ghránna an tí thall.

5. Níl Siobhán Sásta

Níor inis Siobhán scéal na maidine do Liam an tráthnóna sin ná aon lá eile ina dhiaidh. Níor choimeád sí rún uaidh riamh, ach an uair seo bhraith sí* gur cheart di. D'imigh na laethanta, na seachtainí agus na míonna tharstu go mall – na comharsana ag coinneáil comhluadair le chéile go minic ach bhí amhras beag ar Shiobhán ó bhí lá an scannáin ann.

Lean Liam agus Labhrás orthu de bheith ag freastal ar an ionad aclaíochta le chéile. D'éirigh Siobhán as an *Tai Chi*. Thosaigh sí ag léamh úrscéal rómánsúil ach ní raibh a haird ar fad ar scéal an leabhair. Bhíodh sí ag léamh sa seomra suí agus ag féachaint amach an fhuinneog ar an teach thall. Ba chúis mhíshuaimhnis di an mhuintir thall.

Bhí guth éigin ag rá léi go raibh rud éigin bunoscionn le muintir an tí sin. "Learaí" a thug na tiománaithe tacsaí ar Labhrás. Chuir Siobhán ceist uirthi féin arbh amhlaidh go raibh dhá chineál saoil á chaitheamh aige nó arbh fhéidir go raibh áibhéil á déanamh aici de scéal uile na muintire thall? Bhí sí á crá féin ag an amhras.

Deireadh seachtaine amháin dúirt Siobhán le Liam

go raibh sí chun bualadh lena deirfiúr in áit dul amach le muintir Uí Dhúill. Dúirt Liam go rachadh sé léi. Dúirt sise gurbh fhearr léi dul léi féin, gur caint na mban a bheadh ar siúl acu agus nach mbeadh suim aige ann. Mhol sí dó dul amach lena chuid cairde ón obair. Chinn sé go rachadh sé amach le Labhrás. Ní dúirt sí faic. Réitigh sí í féin le dul chuig teach a muintire le bualadh le Clíona. D'fhág sí slán ag Liam le póg. Bhailigh sí eochracha a cairr ó chlár na n-eochracha agus amach léi.

Nuair a d'oscail sí an doras tosaigh bhí an cat mór liath ina luí ar mhata an dorais. Scanraigh sé Siobhán. D'fhéach sé suas uirthi, olc ina shúile de bharr go raibh sí ag cur isteach air. Tháinig Liam amach nuair a chuala sé scread Shiobhán. Rinne sé gáire.

"Níl ann ach Busyman, cat Labhráis," arsa Liam.

"Bhuel, is féidir leatsa boladh agus mún Bhusyman a ní agus a ghlanadh ón áit seo," a d'fhógair Siobhán de ghlór feargach, déistineach. "Agus do charrsa, a Liam, cá bhfuil sé anois?"

"Tá sé ag Mitchell Mór, cara Labhráis. Bhí cúpla jab le déanamh ag Labhrás agus d'iarr sé orm an carr a thabhairt dó ar iasacht."

D'fhéach Siobhán go feargach ar Liam agus tharraing sí an doras de phlab ina diaidh. D'imigh sí ina carr féin. B'éigean do Liam tairseach an dorais a ní.

Chaith Siobhán an oíche sin in éineacht lena deirfiúr, agus í ag gearán gan stad. Bhí sí ag tabhairt amach faoi Liam, faoin gcat, faoi Deborah, faoi Labhrás, faoin saol ar fad. Bhí sí míshásta le gach duine agus le gach rud.

D'inis Clíona dhá phíosa nuachta di. Chuir an chéad scéal áthas uirthi amach is amach; spreag an dara scéal meascán d'áthas agus de mhothúchán éigin eile inti.

"An raibh Mam ag caint leat fós?"

"Ní raibh."

"Bhuel, beidh. Tá sé i gceist ag Mam, Daid agus agam féin dul anonn chuig Rónán agus a chlann le haghaidh na Nollag," arsa Clíona. Bhí Rónán, deartháir leo, pósta san Astráil. "Bronntanas a bhí ann ó Rónán toisc gur bhuaigh sé crannchur éigin thall. Shocraigh mé féin dul leo. Beidh Mam ag iarraidh ort aire a thabhairt don teach le linn na Nollag."

"Cinnte. Glaofaidh mé uirthi amárach agus déanfaidh mé socrú léi. Táim in éad libh, an ghrian agus an turcaí ar an trá agus chuile rud eile. Beidh sé sin go hiontach."

"Táim ag tnúth leis*."

"Agus beidh sibh in ann Rónán, Joan agus na páistí a fheiceáil. Tá áthas orm go bhfuil Mam agus Daid ag dul. Déanfaidh an briseadh maitheas dóibh."

Chuir scéal an bhronntanais áthas ar Shiobhán. An dara scéal a bhí ag Clíona ná go raibh Sharon, cara scoile leo, torrach*. Bhí áthas ar Shiobhán ach fearg uirthi léi féin freisin mar nár ghlaoigh sí ar Sharon le fada. Bhí sí ar deargbhuile gur chaith sí féin agus Liam an oiread sin ama lena gcomharsana agus go ndearna siad dearmad ar a gcuid seanchairde. Chomh maith leis sin mhothaigh sí díomách* mar nach raibh sí féin torrach, agus bhraith sí uaigneach freisin ar chúis ait –

d'airigh sí ina haonar sa saol. Bhí a cairde scoile ar fad ag dul ar aghaidh go maith sa saol ach ní raibh ar siúl aici féin ach a bheith ag obair ó dhubh go dubh, ag siúl timpeall an tí agus ag freastal ar mhuintir Uí Dhúill.

Shroich sí a teach an oíche sin agus í in ísle brí*. Ní raibh Liam sa bhaile roimpi. Amuigh ag ól, arís, a cheap sí. Ní óladh sé* an méid sin fadó. Ó thosaigh sé ag ardú na meáchan sin bhí sé de shíor ag ól.

Tháinig Liam abhaile timpeall a trí a chlog ar maidin. Bhí idir imní agus fhearg ar Shiobhán leis toisc nár ghlaoigh sé agus toisc go raibh sé chomh deireanach sin ag filleadh. Chuala Siobhán an gleo taobh amuigh. Bhí Deborah agus Liam ag caint in ard a ngutha. Tháinig Liam isteach agus é ag canadh. Má bhí giúmar* uafásach ar Shiobhán, bhí giúmar iontach ar Liam. Tháinig sé aníos an staighre faoi dheifir. Isteach leis sa seomra codlata, léim sé ar an leaba. Bhí iontas ar Shiobhán. Bhí Liam mar a bheadh gealt* ann nó cosúil le duine ar dhrugaí. Ní raibh ardmheanma den chineál seo air riamh roimhe.

"Táimid saibhir!" ar seisean go gliondrach.

"Céard?" arsa Siobhán agus iontas uirthi.

Fad agus a bhí Liam á réiteach féin don leaba d'inis sé dá bhean chéile faoina chuid imeachtaí rúnda*. Bhíodh sé ag cur geallta* ar na capaill go rialta. Bhí flúirse airgid buaite aige. D'inis sé di gurbh é an nós a bhí ann ná go bhfaigheadh sé leid ó chara agus go gcuirfeadh seisean nó an cara an t-airgead ar na capaill. Bhuaigh sé agus chaill sé cúpla ceann ach bhuaigh sé níos mó ná mar a chaill sé.

"Cén cara?" arsa Siobhán go fiosrach.

"Cara Labhráis," arsa Liam. "An nós a bhí againn ná go n-inseodh seisean dúinn faoin gcapall san ionad aclaíochta nó go bhfaighimis teachtaireacht uaidh ó Deborah sa siopa geallghlacadóra*, Nose Ahead. Ní raibh cead againn na geallta a chur ina siopa siúd. Chuireamar iad i ngeallghlacadóirí difriúla ar fud na cathrach agus in áiteanna difriúla sa chontae," a lean sé air ag rá. "Ba mhór an spórt é. Inniu lá an bhua mhóir. Dúirt Labhrás liom inniu gur chuir sé airgead ó tháillí an tacsaí ar chapall agus gur bhuaigh sé. Féach, dhá mhíle go leith euro!"

"Tá sé sin go hiontach," arsa Siobhán. Ní raibh sise chomh ríméadach sin faoin scéal, áfach. Bhí Liam istigh sa leaba faoin am seo.

"Ní fada go mbeidh dóthain airgid againn leis an ngrianán a cheannach," ar seisean.

Thosaigh Siobhán ag insint a cuid scéalta féin dó. Tar éis nóiméid nó dhó chuala sí srannadh* ó Liam. Lig sí osna*. Bhraith sí go raibh a phearsantacht athraithe le déanaí*. Chaith sí tamall den oíche ag smaoineamh faoin saol agus faoi Liam agus faoin gcaidreamh a bhí eatarthu. An raibh siad fós i ngrá le chéile? An raibh bearna* ag teacht eatarthu? An raibh sise ag tógáil rudaí ródháiríre? An raibh Liam ag ól an iomarca? An raibh siad róchairdiúil le muintir an tí thall? Cén fáth nach raibh clann acu féin; cén fáth nach raibh sise torrach? Ar deireadh thit a codladh uirthi.

Dhúisigh Liam agus póit* mhór air ar maidin. D'fhág Siobhán sa leaba é agus tháinig sí le cupán caife dó. Dúirt sí leis go raibh sí ag dul ar aifreann agus d'imigh sí léi amach. Thug sí faoi deara nach raibh an dara carr tagtha ar ais fós.

Sa séipéal agus í ina suí sa suíochán lán le máithreacha óga le páistí beaga gleoite, shíl Siobhán go raibh deireadh an domhain ag teacht. Mhothaigh sí in ísle brí. Bhí na mná a bhí ann níos óige ná í agus páistí acu, agus gan aici féin ach a cuid brionglóidí. An raibh rud éigin cearr léi féin nó le Liam, b'fhéidir? Ní raibh sí sona inti féin agus níor thuig sí cén fáth. Ghuigh sí ansin go dtiocfadh athrú ar a saol pósta.

Fuair sí nuachtáin an Domhnaigh i Siopa Mhic Craith. Ardaíodh a meanma beagán agus í ag siúl go deas mall tríd an bpáirc. Bhí gasúir óga ag imirt sacair sa pháirc imeartha, bhí an t-aer fuar ach folláin*, agus shiúil sí ar chosán caol fada tríd an bpáirc go dtí geata an eastáit.

Baineadh geit aisti nuair a chonaic sí carr na nGardaí os comhair a tí féin. Dheifrigh sí* i dtreo an tí. Bhí sí ag teacht in aice lena teach nuair a osclaíodh doras an tí gur tháinig beirt Ghardaí amach, leabhar i lámh duine acu. Rith sí. A máthair, a hathair, a deirfiúr, scéal uafásach faoi Rónán! Cad a tharla? Shroich sí an teach. Bheannaigh na Gardaí di. Chuir Liam in aithne di iad. Bhí sé trína chéile, neirbhíseach*, ar buile.

"An carr," ar sé, "ghoid duine éigin ár gcarr agus bhí sé i dtimpiste agus d'fhág an tiománaí láthair na timpiste*. Cheap na Gardaí go ndearna mise é."

Lean súile na nGardaí an bheirt ag lorg leid eolais.

"Tharla sé ar an mbóthar go hÓrán Mór," arsa an Garda mór béasach* léi.

"Buíochas le Dia," arsa Siobhán; "cheap mé gur . . . ar gortaíodh aon duine?"

"Tá tiománaí an chairr eile san ospidéal, bean óg nuaphósta."

"Aon ghasúr?" arsa Siobhán.

"Beirt sa bhaile. Tá an t-athair ag tabhairt aire dóibh," arsa an Garda eile.

"Tá súil agam go mbeidh sí ceart go leor," arsa Siobhán.

"Le cúnamh Dé," arsa an Garda. "Lá maith agaibh. Beimid i dteagmháil* leat arís, a Liam," a dúirt an Garda agus é féin agus an Garda eile ag siúl i dtreo a gcairr. Bhí cuma chráite* ar Shiobhán. Bhí cuma scanraithe* ar Liam.

Nuair a bhí na Gardaí imithe, dúirt Liam le Siobhán nár inis sé do na Gardaí faoin socrú a bhí déanta aige le Labhrás faoin gcarr a thabhairt ar iasacht dó mar thacsaí. Bhí Siobhán le ceangal*.

6. SOWHATSITALLABOUT

Ba é an tseachtain dheireanach i Mí na Samhna an ceann ba mheasa ag muintir Uí Mhaoilmhín ó phós siad. Bhí siad ar builc le chéile, ar buile le muintir Uí Dhúill, ar buile leis an ngadaí a ghoid a gcarr, ar buile go raibh bean óg san ospidéal, ar buile nár inis Liam iomlán na fírinne do na Gardaí, ar buile nach raibh an carr acu, ar buile leis an aimsir, ar buile leis na hoícheanta fada dorcha, ar buile . . . ar buile!

Dúirt Siobhán le Liam an oíche Dhomhnaigh sin go n-inseodh sí an scéal ar fad do na Gardaí dá bhfaigheadh an bhean óg san ospidéal bás. Bhí bearna ag teacht sa ghaol eatarthu. Níor labhair siad chomh hoscailte ná chomh grámhar le chéile i ndiaidh na timpiste. Stop an chaint réchúiseach agus na comhráite laethúla*. Níor inis Siobhán do Liam faoi bhronntanas Rónáin dá tuismitheoirí, ná faoi Chlíona a bheith ag dul leo, ná faoi Sharon a bheith torrach. Níor tháinig aon scéala* faoin gcarr. Ní bhfuair na Gardaí é. Níor tháinig aon scéala faoin mbean óg san ospidéal ach an oiread. D'éist siad leis an nuacht gach tráthnóna ag súil le dea-scéala ach níor tháinig sé. Bhí Siobhán cráite ag an imní. Ní dheachaigh Liam chuig

Club Hercules arís. Oíche amháin chuaigh sé trasna an bhóthair chuig teach Labhráis. Níor fhan sé rófhada ann. Ní dúirt sé dada nuair a d'fhill sé.

"Bhuel," arsa Siobhán, "céard a dúirt siad?"

"Dúirt Labhrás go bhfuil gach rud socraithe aige," ar sé.

"Cén chaoi 'socraithe'?" a d'fhiafraigh Siobhán de.

"Dúirt sé go raibh plean aige," ar sé.

"Plean, mar dhea," a d'fhógair Siobhán, ag scaoileadh le racht feirge. "Tá mé réidh leis na daoine sin. Tá siad gránna. Is bulaí glic sleamhain é an fear sin agus is óinseach cheart chríochnaithe í* an bhean bhaoth atá aige. Tá tuairim agam go bhfuil uisce faoi thalamh* ar siúl acu agus tá cara sin na mbróg reatha buí gránna agus contúirteach."

"Mitchell Mór," a dúirt Liam.

"Cibé t-ainm atá air, agus . . . agus . . . úsáideann siad daoine agus tá tusa cosúil le giolla acu agus go háirithe ag an rud gránna sin leis an leathshúil agus na méara gearrtha . . . an . . . an Learaí Ó Dúill sin . . . Cá bhfios duitse gur dhá mhíle go leith an méid a ghnóthaigh siad? Cá bhfios duitse nár choinnigh sé níos mó ná sin dó féin? D'aithin siad tú* mar dhuine soineanta* gan chiall."

Lean Siobhán uirthi ag tabhairt amach agus d'inis sí faoi scéal na maidine a raibh tinneas uirthi, faoi na tacsaithe ar fud na háite, an scannán pornagrafaíoch agus an fear mór a raibh na bróga reatha buí air.

Bhí iontas ar Liam. Thosaigh sé féin ag rá go bhfaca sé "mo dhuine", mar a bhí siad a thabhairt ar

Labhrás anois, ag tógáil drugaí ach nár bhain sé féin leo. Dúirt sé go stopfadh sé ag dul go dtí an club aclaíochta, nach raibh ann ach ionad díolacháin drugaí*, go n-éireodh sé as ag dul amach ag ól leo, nach dtabharfadh sé a charr dó níos mó nuair a gheobhadh sé ar ais é ach go raibh air fanacht go dtí an deireadh seachtaine.

"Tar éis an tSathairn seo chugainn," arsa Liam, "ní bhacfaimid leo . . . tar éis an tSathairn."

"Cén fáth an Satharn?" a d'fhiafraigh Siobhán de, go hamhrasach.

"Bíodh muinín agat asam*," arsa Liam agus sórt imní air faoi rud éigin. "Tá aiféala orm faoi gach rud, faoi m'iompar, go raibh mé faillitheach leat," arsa Liam léi.

Lean Siobhán uirthi ag nochtadh a croí dó*, ag caint faoina muintir, saoire na Nollag san Astráil, faoin gcaoi ar stop siad ag caint le chéile, faoin gcaoi a raibh siad cosúil le giollaí ag strainséirí, faoin gcaoi ar chaill siad teagmháil lena gcuid cairde, gur chaith seisean níos mó ama san ionad aclaíochta ná i gcomhluadar a mhná céile, agus go raibh Sharon, a cara scoile, torrach. Thóg sí a leabhar ina lámh agus shiúil sí i dtreo an dorais.

"A Shiobhán, beidh gach rud ceart, fan go bhfeice tú. Geallaim duit é, tá plean ag . . ." Bhí sé ar tí "Labhrás" a rá nuair a stop sé é féin. Chas Siobhán ag an doras. Chaith sí féachaint ghéar ach truacánta air. Chas sí agus d'imigh suas an staighre. Bhí Liam ar buile leis féin go ndúirt sé an méid a dúirt sé.

Ag am lóin Dé Céadaoin tháinig Siobhán abhaile agus a cara Síle in éineacht léi. D'fhág siad an oifig go luath an mhaidin chéanna mar bhí siopadóireacht le déanamh ag Siobhán agus tháinig Síle chun cabhrú léi. Chuaigh siad amach agus cheannaigh siad cuirtíní mogallacha* le crochadh ar fhuinneoga uile an tí. Fad agus a bhí siad ag ithe lóin agus ag comhrá leo sa chistin, bhuail duine éigin cloigín an dorais. Amach le Siobhán gur oscail sí an doras. Baineadh geit aisti nuair a chonaic sí an Garda ard óg ina sheasamh ann.

"An Garda Ó Gallchóir, a bhean uasail. Ná bíodh aon eagla ort*," a dúirt sé léi, "níor tháinig mé ach le rá leat go bhfuil biseach tagtha ar an mbean a bhí sa timpiste tamall ó shin."

Dúirt sé le Siobhán gur thug an bhean cur síos cruinn dóibh ar an tiománaí a bhí i gcarr Liam. Dúirt sé nach raibh sé cosúil le Liam agus go bhfuil a ainm bainte den liosta anois. Dúirt sé nach bhfuair na Gardaí a gcarr fós. Ghabh Siobhán buíochas leis faoi gach rud. Bhí áthas uirthi go raibh an bhean slán. Sheas an Garda Ó Gallchóir ag an doras ag féachaint amach uaidh ar an eastát.

"Tá an t-eastát seo go deas ciúin, nach bhfuil?" ar seisean go cairdiúil.

"Tá," arsa Siobhán.

"Tá mé féin ag smaoineamh ar theach a cheannach," ar sé. "Cén sórt tithe iad? Ar tógadh go maith iad?"

Labhair Siobhán leis faoin eastát, faoi na cineálacha tithe, na praghsanna, an morgáiste ard agus mar sin de.

"Cén sórt comharsan atá agaibh anseo? An bhfuil sibh cairdiúil leo?" a d'fhiafraigh sé di.

Mhínigh sé gur ón tuath é féin agus gur cheap sé nach mbíonn muintir na cathrach róchairdiúil le chéile. Bhí sé ag féachaint amach roimhe ar theach Uí Dhúill agus é ag rá an mhéid sin. An raibh sé ag iarraidh í a chur ag caint faoin mbeirt thall, an cheist a chuir Siobhán uirthi féin.

"Tá roinnt acu príobháideach agus corrdhuine cairdiúil ach tá an-chuid de na tithe ligthe amach ar cíos, an dtuigeann tú," an freagra a thug Siobhán.

"Ó, tuigim, tuigim," arsa Ó Gallchóir.

D'fhág sé slán aici agus d'imigh amach go dtí an carr. Thiomáin na Gardaí leo, ag féachaint ar dheis agus ar chlé, ag scrúdú gach rud. Bhí Siobhán ag crith le faitíos. Shíl sí go raibh a fhios ag na Gardaí go raibh rud éigin cearr*. Bhraith sí go raibh aithne acu ar mhuintir an tí thall agus go raibh amhras orthu fúthu. Dúirt Siobhán le Síle nach raibh sí ag dul ar ais ag obair an tráthnóna sin, agus d'iarr sí uirthi a rá leis an mbainisteoir go raibh tinneas uirthi.

Chaith Siobhán an tráthnóna sin ag fuáil* na gcuirtíní mogallacha. Chaith sí roinnt mhaith ama ag féachaint amach an fhuinneog ar an teach thall. Bhí an t-eastát an-chiúin, mar bhí gach duine ag an obair. D'airigh sí ciúnas idir an dá theach. Ní raibh aon duine le feiceáil sa teach thall. Bhí an carr mór páirceáilte taobh amuigh de ach ní raibh Labhrás, nó "Learaí leisciúil", mar a thugadh Siobhán air, le feiceáil.

Bhí Siobhán breá sásta agus í ag obair sa teach léi féin. Ba bhreá léi dá mbeadh sí ina bean tí lena clann óg ag rith timpeall an tí. Dúirt sí léi féin go gcaithfeadh sí féin agus Liam suí síos am éigin agus labhairt faoi chúrsaí clainne. B'fhéidir go raibh fadhb acu, aigesean nó aicise; b'fhéidir go mbeadh cabhair nó comhairle ag teastáil uathu. Ach bheadh uirthi fanacht go dtí go mbeadh an trioblóid leis na comharsana réitithe*. Ní fhéadfaí labhairt le Liam ar chor ar bith ag an bpointe seo. Bhí sé ar bior* ó tharla an timpiste agus go háirithe ón uair a thug sé cuairt ar an teach thall.

Lig Siobhán a scíth tar éis a cuid oibre ag cóiriú na gcuirtíní mogallacha. D'ól sí cupán caife agus rinne machnamh ag breathnú amach an fhuinneog. Mhúscail* éinín beag í, éinín a d'eitil isteach sa teachín éin a thóg Liam ag tús an fhómhair. Thuig sí go raibh an aimsir ag éirí níos fuaire agus freisin go raibh an Nollaig ag druidim leo. Bheadh a muintir uile san Astráil, in áit éigin te teolaí ag ithe turcaí ar an trá agus bheadh sise sa bhaile in Éirinn le cóta mór is tine mhór is teas lárnach ar siúl.

Chinn sí ar dhul go dtí an t-ollmhargadh agus bia éan a cheannach. Cheannaigh sí mála de chnónna éan agus chroch ar theach an éin é. D'fhan sí ina suí ag faire ar na héiníní beaga ag teacht ag ithe agus ansin ag imeacht. "Is álainn an radharc é," a dúirt sí léi féin.

Tháinig Liam abhaile an tráthnóna sin agus d'inis Siobhán dea-scéala na mná óige dó. "Go maith," a dúirt sé gan mórán airde ar chaint a mhná céile.

D'éirigh a chuid iompair an-ait ar fad. Chuimhnigh sí ansin nár inis Liam di go raibh a ainm ar liosta na nGardaí. Cheap sí gurbh fhéidir go raibh Liam ag ceilt rudaí* eile uirthi freisin; b'fhéidir nach raibh sé ag iarraidh go mbeadh imní uirthi. Bhí rún* á cheilt aige faoi na capaill agus faoin gcleas geallghlacadóireachta, agus anois bhí rún á cheilt aige faoina pháirt sa timpiste bhóthair. Ní raibh sise leis oíche Dé Sathairn seo caite, mar bhí sí le Clíona. B'fhéidir go raibh sé sa charr nó b'fhéidir go raibh sé ag tiomáint an chairr. B'fhéidir go raibh na Gardaí mícheart, b'fhéidir go raibh rud éigin ar eolas ag na Gardaí nach raibh ar eolas aici féin? An raibh muinín aici as Liam feasta? An raibh sé fós i ngrá léi? An raibh an pósadh seo ag titim as a chéile nó tite as a chéile? Chuir na ceisteanna seo crá croí ceart ar an mbean óg in eastát álainn, aoibhinn, ardnósach i mbruachbhaile de chuid chathair na Gaillimhe.

Bhí Liam an-chiúin agus an-chorrthónach* an tseachtain sin. Maidin Dé Sathairn d'fhiafraigh Siobhán de an raibh aon rud cearr. Thug sé freagra an-aisteach. "Beidh gach rud ceart, bíodh muinín agat asam, fan go bhfeice tú."

Shíl Siobhán go raibh sé i dtrioblóid, gurbh fhéidir go raibh sé ag tógáil drugaí nó go raibh baint aige le coir* de shaghas éigin. D'imigh sé amach timpeall meán lae an Satharn sin. Thóg sé carr Shiobhán, ag rá go raibh air dul siar go dtí an Clochán le rud a bhailiú "don obair", mar dhea.

"Sin bréag, cinnte," arsa Siobhán léi féin. Chinn sí

go scaoilfeadh sí leis mar cheap sí go raibh sé an-bhuartha faoi rud éigin. B'fhearr léi gan labhairt leis go fóill, ar aon nós.

Ghlan Siobhán an teach ó bhun go barr. Theastaigh uaithi an teach a bheith néata agus glan. Bhí an Nollaig ag druidim leo agus bheadh orthu maisiúcháin a chrochadh agus crann a cheannach agus an áit a chóiriú don fhéile. Bhí sí ag teacht chuici féin arís. Mhothaigh sí níos fearr mar go raibh bean na timpiste slán. Stop Liam ag dul chuig Club Hercules, níor thug sé síob do Deborah chuig Nose Ahead aon mhaidin an tseachtain sin agus ní raibh aon teagmháil aige le Labhrás. Mhothaigh Siobhán níos sábháilte leis na cuirtíní mogallacha ar na fuinneoga. Ní raibh aon duine in ann féachaint isteach uirthi, agus dar léi go raibh cosaint de shaghas éigin aici ar mhuintir Uí Dhúill. Gheobhadh na Gardaí an carr agus bheidís ceart go leor arís.

Rinne Siobhán cinneadh go rachaidís amach lena gcairde scoile arís, na cairde dílse a bhí acu ó bhí sí sna déaga. Bheadh uirthi bualadh le Sharon le comh-ghairdeas* a ghabháil léi. Shuigh sí síos sa chistin agus chrom sí ar liosta a cairde a chur le chéile le haghaidh cártaí Nollag agus bronntanais Nollag agus a leithéid. D'fhéach sí amach an fhuinneog. Bhí éinín beag, meantán gorm, ag eitilt timpeall agus ag ithe ón mála cnónna. Shíl sí gur radharc álainn a bhí ann. Chuaigh sí anonn go dtí an tarraiceán* agus fuair sé na déshúiligh*. Chuir sí suas lena súile iad agus chonaic an meantán gorm* mar a bheadh sé in aice léi, gach rud an-mhór agus an-ghar di. D'fhéach sí timpeall an ghairdín, ar na bláthanna, ar an bhféar, ar an teachín éin, ar an mballa ar chúl an ghairdín. Ansin, go tobann, baineadh geit aisti. Cad a chonaic sí ar an mballa ach an cat mór liath leis na súile nimhneacha* ag féachaint isteach uirthi, é le feiceáil chomh soiléir sin mar gheall ar na déshúiligh láidre. Bhain sí na déshúiligh dá súile. Bhuail sí cnag ar an bhfuinneog. D'fhéach an cat i dtreo na cistine, cuma bhagrach* air, ansin shiúil sé leis go mall leisciúil.

"Busyman," a dúirt Siobhán as ard. "Sin ainm seafóideach ar chat!"

Ba ag an bpointe sin a bhuail an guthán. Na Gardaí a bhí ann. An Garda Ó Gallchóir arís. Fuair na Gardaí carr Liam san ionad dramhaíola* taobh amuigh den chathair agus roinnt damáiste déanta dó.

"Dála an scéil, a Bhean Uí Mhaoilmhín," a lean sé air i nguth ceannasach ach béasach, "níl cáin bhóthair* ná árachas* ar do charr. Tá sé mídhleathach carr a thiomáint gan iad sin a bheith ar taispeáint."

"Tá brón orm faoi sin; caithfidh go ndearna Liam dearmad iad a chur san fhuinneog," a d'fhreagair sí agus iontas uirthi faoi.

Bhí sí náirithe*. Chomh luath agus a chuir sí síos an glacadóir rith sí suas an staighre go dtí an seomra codlata agus caol díreach chuig an tarraiceán agus an áit a raibh na cáipéisí* pearsanta ar fad. Chuardaigh sí go fuadrach. Tháinig sí ar cháipéisí an chairr. Ní raibh aon fhoirm árachais ná foirm chánach ann.

Shuigh sí síos agus rinne sí iarracht cuimhneamh ar íocadh an t-árachas. Níor íoc sise é. Liam a d'íoc é, ise a líon an fhoirm isteach. Thug sí an t-airgead do Liam agus an lá céanna chuaigh sí féin agus a máthair ag siopadóireacht mar bhí cathaoir luascáin ag teastáil ó Bhean Uí Chearnaigh. D'íoc Liam é tar éis lae oibre. Bhí sí deimhin de*.

Luigh sí siar ar an leaba agus bhreathnaigh sí suas ar an tsíleáil*. Thosaigh sí ag machnamh faoi Liam. Ar íoc sé an t-árachas nó cad a rinne sé leis an airgead? In ainm Dé, céard a bhí tar éis tarlúint dóibh? a smaoinigh sí, agus ansin bhris an gol uirthi. Chaoin sí gan staonadh. Ba dhóigh léi go raibh sí ina haonar sa saol.

Tar éis tamaill tháinig sí chuici féin. Dúirt sí léi féin go mbeadh sí láidir agus nach mbeadh aon smaointe diúltacha aici, mar chreid sí go mbeadh gach rud i gceart sa deireadh. Thriomaigh sí a haghaidh agus síos an staighre léi. Rug sí ar an leabhar teileafóin agus chuardaigh sí uimhir gharáiste Jack Healy. Ghlaoigh sí air agus d'iarr sí air dul amach go dtí an t-ionad dramhaíola leis an gcarr a tharraingt abhaile.

Níorbh fhada ina dhiaidh sin go raibh carr Shiobhán ag teacht isteach i loc an tí. D'fhan Liam ina shuí taobh thiar den roth, cuma chomh geal le sneachta ar a aghaidh. Bhí Siobhán ag féachaint air trí na cuirtíní mogallacha sa seomra suí. Bhí iontas uirthi. D'éirigh sé amach as an gcarr. Stán sé ar theach Uí Dhúill. Chas sé timpeall. Tháinig sé isteach doras a thí féin. Sheas sé ag doras an tseomra suí. Bhí Siobhán ina seasamh ag an bhfuinneog. Thuig sí láithreach go raibh rud éigin tar éis tarlú. Shiúil sé go mall tromchosach, tromchroíoch* go dtí an tolg. Thit sé ina chnap air. Labhair sé os íseal.

"Chaill mé é!"

"Céard?" arsa Siobhán de ghuth íseal imníoch. "Céard a chaill tú, a stór?"

"Chaill mé gach rud, chaill mé an t-airgead."

"Airgead?" arsa Siobhán.

"Ár gcuid airgid," a dúirt Liam agus thosaigh sé ag caoineadh.

Shuigh Siobhán síos, idir iontas is alltacht* uirthi. Thosaigh a croí ag preabadh go tapa. Bhí a fhios aici go raibh rud éigin uafásach tar éis tarlú.

"A Liam!" ar sí de ghlór imníoch ach beagán grámhar.

Luigh Liam siar ar an tolg agus d'inis sé a scéal.

"Níl a fhios agam cén fáth a ndearna mé é, a Shiobhán. Bhí mé ag iarraidh an grianán a cheannach agus an morgáiste a ghlanadh agus b'fhéidir carr nua a cheannach san athbhliain*, agus dúirt Learaí gur bua cinnte a bheadh i gceist. Bhí sé deimhin dearfa go mbuafadh na capaill. Bhí sé siúráilte*, ag rá go mbeadh na mílte againn, agus go mbeimis saibhir."

Bhí a croí ina béal ag Siobhán faoin am seo. Ní raibh sí in ann focal a rá. Lean Liam ar aghaidh leis an scéal. "Chuir mé an t-airgead a choigil mé ar na capaill eile agus an t-airgead a fuair mé ó iasacht* an chairr mar thacsaí agus roinnt airgid a choiglíomar féin ar fad ar gheall méadaitheach. Bhí trí chapall i gceist agus bhuaigh an chéad dá cheann ach theip ar an tríú ceann."

Bhí croitheadh* ina ghlór agus é ag caint. Shíl Siobhán go raibh sé ar tí taom croí a bheith aige, mar bhí sé bán san aghaidh agus é ag cur allais* freisin.

"Chreid mé Learaí. Chuir mé geall i gcúpla siopa geallghlacadóra sa chathair agus thiar sa Chlochán. Bhí gach rud ag brath ar an gceann seo, an geall mór. Bhí mé ag dul ag críochnú le Learaí tar éis an ghill seo. Ach chaill mé. Cén fáth ar thug mé aird air? Cén fáth ar chaill an capall deireanach, Sowhatsitallabout?"

"Céard?" arsa Siobhán.

"Ainm an chapaill," arsa Liam.

"A Liam," ar sí, de ghlór bog, a thaispeáin trua dó agus í trína chéile freisin. "Ar íoc tú an t-árachas ar an gcarr?"

"An t-árachas? D'íoc Learaí dom é. Thug mé an t-airgead dó. Dúirt sé go n-íocfadh sé é. Níor sheiceáil mé* é," an freagra a fuair sí.

"Ó, a Liam, ná habair," a dúirt sí. Ar éigean a bhí sí ann an méid a bhí cloiste aici a chreidiúint.

"A Shiobhán, céard . . . ?"

"Fuair na Gardaí an carr san ionad dramhaíola gan cáin gan árachas air."

"Ó, a Shiobhán, táimid scriosta."

Chuir sé a cheann síos agus chaoin sé. Trua a bhí ag Siobhán dó. Díreach ag an nóiméad sin tháinig veain Jack Healy agus carr Liam á tharraingt aige. Bhí an carr scriosta, brúite, briste.

"Ní fhéadfaí é a thiomáint ná a thosú fiú," a dúirt Jack le Siobhán nuair a chuaigh sí amach lena íoc. Tháinig Liam amach. D'fhéach sé ar a gcarr, d'fhéach sé ar an teach thall, chas sé agus d'fhill sé ar an seomra suí. Dúirt Siobhán le Jack a rogha rud a dhéanamh leis an gcarr.

An tráthnóna sin agus an oíche ag titim, d'fhéach Siobhán Uí Mhaoilmhín amach fuinneog an tseomra suí, a raibh na cuirtíní mogallacha uirthi anois, agus chonaic sí loc cairr a tí féin le carr beag amháin ann. D'fhéach sí trasna an bhóthair agus chonaic sí carr mór galánta. Smaoinigh sí ar an troscán agus ar an gcrann solais luachmhar, na héadaí costasacha, an dul thar fóir le hólachán, agus tháinig múisiam uirthi*.

Bhí Liam caite ar an leaba sa seomra codlata thuas staighre agus é ag stánadh ar an mballa os a chomhair. Bhí aiféala mhór air. Rinne Siobhán iarracht é a mhealladh. Dúirt sí go raibh a sláinte acu, go raibh siad fós le chéile, go dtiocfaidís as an tsáinn seo ar fad.

"Is fearr an tsláinte ná na táinte," a dúirt sí leis. Bhreathnaigh sé suas uirthi ach chonaic sí duibheagán* domhain, dochreidte i súile a fir chéile* – radharc* a scanraigh í*.

7. Liam Trína Chéile

D'fhan Liam sa leaba an Domhnach ar fad. Níor ith sé tada. Maidin Dé Luain d'éirigh sé go luath, ach arís níor ith sé aon bhricfeasta. D'imigh sé amach an doras agus shiúil sé chuig an obair. D'fhág sé an carr ag Siobhán. Thosaigh Liam ag éirí an-ait* ar fad. Bhí imní ar Shiobhán faoi, faitíos uirthi go ndéanfadh sé gníomh uafásach éigin dó féin nó do dhuine eile. Tháinig sé abhaile an tráthnóna sin agus níor ith sé ach cuid bheag dá dhinnéar. Níor labhair sé. Rinne Siobhán iarracht labhairt leis agus é a chur ar a shuaimhneas. Labhair sí faoin obair, faoi na héiníní ag eitilt isteach sa ghairdín, faoi chúrsaí spóirt agus faoi a lán rudaí eile ach fós féin níor thug sé freagra ceart uirthi. Tar éis tamaill d'fhógair sé gur mhaith leis dul amach ag siúl. Chuaigh. Níor fhill sé go ceann cúpla uair an chloig.

An mhaidin dár gcionn d'éirigh sé go luath agus shiúil sé chun na hoifige arís. Bhí an-imní ar Shiobhán faoi anois. Rinne sé an rud céanna oíche Dé Máirt is a rinne sé Dé Luain, agus arís Dé Céadaoin. Bhí tost marfach i réim sa teach, tost a bhí uafásach nuair a bhí sé ann agus uafásach nuair a bhí sé imithe. Bhí Siobhán ag dul as a meabhair.

Maidin Déardaoin, d'éirigh Siobhán ag an am céanna le Liam. D'ullmhaigh sí an bricfeasta. Shuigh an bheirt acu ag an mbord. Bhí Siobhán ag iarraidh é a mhealladh le caint. Mheall sí é le féachaint ar na héiníní agus iad ag ithe cnónna sa teachín éin. Níor bhac sé le féachaint. D'eitil meantán gorm go dtí an teachín éin. Fuair Siobhán na déshúiligh. Chuir sí lena súile iad. Go tobann lig sí scread aisti. Thit na déshúiligh. Chas Liam timpeall.

"Céard atá cearr?"

Tháinig deora le súile Shiobhán.

"Bhí mé ag iarraidh an t-éan a fheiceáil . . . ach . . . ní raibh sé ann . . . D'fhéach mé ar an teachín éin agus tháinig an cat mór gránna sin amach as agus é ag blasachtach*."

Bhí déistin uirthi. Sheas Liam suas. Chuaigh sé go dtí doras na cistine agus d'oscail é. Chuaigh sé amach – bhí an cat ar an mballa. Sheas Liam ansin lena lámha ar a chorróga*, an cat agus é féin ag tabhairt dúshlán a chéile. Ghéill Busyman agus d'imigh sé.

An oíche sin chuaigh an lánúin amach ag siúl, greim láimhe acu ar a chéile mar a bheidís ag tabhairt tacaíochta dá chéile. B'fhearr le Siobhán a bheith ag siúl na sráideanna ná a bheith istigh sa teach léi féin. Ar bhealach bhí eagla uirthi i gcónaí, fiú eagla roimh an gcat féin. Cad a tharla don bhrionglóid a bhí acu i Meiriceá? Bhí an teach, a gcuid brionglóidí agus a saol scriosta.

Thosaigh Liam ag caint beagán arís. Dar le Siobhán go raibh sé ag teacht chuige féin arís tar éis gheit an deireadh seachtaine, cé nach raibh sé go hiomlán ceart fós.

Labhair Siobhán go cineálta cneasta leis.

"Tá deireadh leis an gcruatan* ar fad. Táimid slán. Ní tharlóidh aon rud eile mar ní bheidh aon bhaint againn le muintir Uí Dhúill feasta. Beidh gach rud ceart go leor."

Cheannaigh siad buidéal fíona ar an mbealach abhaile. Chinn siad go gcuirfidís síos tine agus go n-ólfaidís an fíon. Shroich siad a dteach. D'oscail Siobhán an buidéal fíona. Chuaigh Liam amach le gual* a fháil don tine.

Tháinig sé a fhad le doras na cistine, buicéad folamh ina lámh.

"Níl aon ghual ann!" ar sé.

"Cén chaoi?" arsa Siobhán.

Chuaigh sí amach. Bhí clúdach an ghualchró* caite ar an talamh agus an gualchró folamh. Bhí tuairim mhaith acu cé a ghoid é – na comharsana! Ní raibh deireadh leis an trioblóid ar chor ar bith. D'oscail siad an buidéal fíona ach níor ól siad mórán de. Stán siad ar an tinteán fuar agus iad in ísle brí.

Dé hAoine chuaigh an bheirt acu chun na hoibre sa charr. Sheiceáil siad gach doras agus gach fuinneog sa teach, ag déanamh cinnte de go raibh siad faoi ghlas. Bhí. Thiomáin siad thar bráid agus Deborah ag siúl amach as an eastát chuig siopa an gheallghlacadóra, Nose Ahead. Níor thairg siad* síob di.

An lá sin ag an obair ghlaoigh Liam ar Secure and Safe, comhlacht slándála*, le glas breise a chur ar an doras tosaigh agus le haláram a chur ar na fuinneoga. Ghlaoigh sé freisin ar Chathal, deartháir leis, a bhí ina chónaí in Uachtar Ard, agus d'iarr sé air geata a dhéanamh do thaobh-bhealach an tí.

Ní bheadh aon duine ag teacht ag goid aon rud eile as an teach, a smaoinigh sé. Ach bhí costas an-ard go deo* ar na háiseanna slándála ar fad.

Bhailigh Siobhán Liam tar éis na hoibre. Dúirt sí leis go raibh duine ag fágáil an chomhlachta agus go raibh a cairde ag dul chuig an teach tábhairne áitiúil, Tigh Chofaigh, le deoch cheiliúrtha a ól leis. Thiomáin Liam an carr abhaile tar éis dó Siobhán a fhágáil ag an teach tábhairne.

"Glaofaidh mé ort nuair a bheidh síob abhaile uaim," ar sise leis.

Bhí an teach togha nuair a d'fhill Liam. Bhreathnaigh sé go géar ar theach Uí Dhúill. Fad agus a bhí sé ann tháinig fear an ghuail le cúpla mála guail agus chaith isteach sa ghualchró iad. Tháinig Cathal agus thomhais sé* an spás sa taobh-bhealach. Dúirt sé go dtosódh sé ag obair air an mhaidin dár gcionn. Bhí Liam sásta gur tháinig Cathal. Níor inis Liam dó faoi na heachtraí ar fad, áfach, ná faoin gcarr. Ní túisce Cathal imithe ná tháinig glaoch ó Shiobhán.

"A Liam, tar anuas. Tabhair abhaile mé go beo," an t-ordú a tháinig uaithi.

Isteach le Liam sa charr agus síos leis go Tigh Chofaigh. Bhí Siobhán ina seasamh ag an doras ag fanacht air agus bhí a cara Síle in éineacht léi. Bhí Siobhán an-trína chéile. Ghabh sí buíochas le Síle agus léim sí isteach sa charr. Bhí sí ag caoineadh.

"Céard a tharla?" a d'fhiafraigh Liam di.

"Téimis abhaile," arsa Siobhán.

Nuair a shroich siad an teach, bhí Siobhán ag croitheadh ó cheann go cos, í bán san aghaidh. Thug sé deoch bhranda di lena suaimhniú.

D'inis sí a scéal dó. "Bhí muid inár suí ag an gcuntar ag caint faoi chúrsaí oibre san oifig. Bhí Labhrás Ó Dúill agus a chuid cairde ina seasamh i lár an urláir* ag insint scéalta grinn, jócanna salacha agus ag labhairt in ard a gcinn is a ngutha. Cheap mé go raibh siad ag féachaint inár dtreo*, agus eisean ag féachaint ormsa, go háirithe." Lig Liam osna as.

Lean Siobhán ar aghaidh, "Tar éis cúpla deoch a ól chuaigh mé amach go dtí an leithreas. Nuair a d'fhill mé bhí Labhrás ag fanacht orm, é ina sheasamh ag an doras idir dhá tholglann an tí. Bhí mé i sáinn idir é féin agus an doras. Sheas mé ar leataobh le ligean do na custaiméirí teacht isteach ach ansin bhí mé sáinnithe* sa chúinne aige. Ní dúirt sé dada faoin gcarr, ná faoin árachas, ná níor luaigh sé an timpiste, ach thosaigh sé ar an bplámás, ag rá go raibh mé go hálainn, go raibh an-mheas aige orm, go raibh an t-ádh leatsa." Tháinig croitheadh ina glór ach lean sí uirthi. "Dúirt sé gur mhaith leis bualadh liom oíche éigin. Bhí mé scanraithe roimhe."

Bhí fearg ag teacht ar Liam agus é ag éisteacht leis an gcaint seo.

"Bhí mé ag iarraidh éalú uaidh ach thug mé an freagra mícheart dó. Ba cheart dom rith uaidh ach bhí mé i bhfastó sa chúinne agus dúirt mé, 'Nach bhfuil bean chéile agatsa sa bhaile?' Rinne sé gáire gránna agus ar seisean, 'Is ionann gnéas a bheith agam le mo bhean chéile i gcónaí agus an dinnéar céanna a ithe gach lá.' Phléasc sé amach ag gáire, a chuid fiacla lofa agus a aghaidh gan a bheith bearrtha ag cur déistine orm. 'Gabh i leith uait. Tá tacsaí agam taobh amuigh le cúlsuíochán leathair breá compordach ann. Tar liom – beidh tusa fiáin, táim cinnte de. Teastaíonn sé uait, nach dteastaíonn?' ar sé agus a shúile gránna fíochmhara sáite ionam. Leag sé lámh ar m'uillinn le mé a bhreith amach, mé balbh le scanradh. Díreach ansin tháinig Síle eadrainn agus dúirt sí, 'Tá Siobhán ag teastáil uainne ag an gcuntar, go raibh maith agat.' Bean le pearsantacht láidir is ea Síle. Thuig Labhrás gurbh fhearr ligean dom imeacht liom agus lig. D'imigh sé féin ar ais chuig a chuid cairde. Ba léir gur inis seisean an scéal ar fad dóibh, agus scairt siad amach ag gáire. D'fhéach siad anonn ormsa agus ar an ngrúpa againn. Ansin ghlaoigh mé ortsa."

D'éist Liam leis an scéal ar fad. Bhí fearg, déistin agus náire air.

"Bastún!" ar sé os íseal.

Chuir sé a lámh timpeall ar Shiobhán agus thug sé fáscadh di*. Chuaigh Siobhán a luí. D'fhan Liam ina sheasamh ansin sa seomra suí leis féin ar feadh tamaill, ansin shiúil sé chomh fada leis an bhfuinneog, agus d'fhéach sé trasna an bhóthair ar an teach thall. Sheas sé sa dorchadas ag smaoineamh. "Caithfidh mé rud éigin a dhéanamh," a dúirt sé leis féin, "rud éigin nach dtaitneoidh leo. Caithfidh mé díoltas* a bhaint amach orthu."

Nuair a chonaic Liam gur lasadh na soilse sa teach thall, bhí a fhios aige go raibh Labhrás tar éis teacht abhaile. Ní raibh solas an tseomra suí abhus lasta. D'fhéach sé anonn. Fuair sé na déshúiligh. Bhí sé in ann iad a fheiceáil go soiléir. Bhí an bheirt acu ann. Eisean agus a "bhéile", a dúirt Liam leis féin. Bhí sé timpeall leathuair tar éis a haon déag. Fuair Liam an leabhar teileafóin. Scríobh sé amach liosta. Thóg sé an guthán isteach sa seomra dorcha. Ghlaoigh sé. Ghlaoigh sé arís agus arís agus arís agus arís. Chuir sé glaoch ar ocht n-oifig fruilchairr, comhlachtaí a bhí san iomaíocht le gnólacht Learaí. Shocraigh sé cúrsaí le go mbeadh eatramh deich nóiméad idir teacht gach aon cheann acu. "88, Páirc an tSrutháin, fruilcharr ag teastáil," a dúirt sé gach uair a ghlaoigh sé.

D'fhan sé sa seomra suí dorcha. Thosaigh siad ag teacht, ceann i ndiaidh a chéile. Thart ar a haon a chlog bhí Learaí ar buile ceart. Amach as an teach leis gur bhéic sé trasna an bhóthair i dtreo theach Liam, "Íocfaidh tú go daor as seo! Fan go bhfeice tú!"

Léim sé isteach ina charr agus thiomáin leis mar a bheadh gealt ann amach as an eastát. D'fhill sé tar éis deich nóiméad agus siúl aisteach faoin gcarr. Bhí carr na nGardaí ina dhiaidh. Chonaic na Gardaí é agus ghabh siad é.

Bhí Liam in ann an t-achrann* a chloisteáil go soiléir. Bhí an Dúilleach ciontach as tiomáint agus é ólta, gan stopadh ag bac bóthair agus gan a bheith sásta comhoibriú* leis na Gardaí. D'imigh sé isteach sa teach agus fearg fhíochmhar air.

Ba é an Garda Ó Gallchóir duine de na Gardaí a bhí ag caint leis. D'fhéach sé ar theach dorcha Liam. Sheas Liam siar beagán, ar eagla na heagla. Bhí Siobhán ina codladh le linn na heachtra ar fad. "Inseoidh mé an scéal di maidin amárach," arsa Liam leis féin. Dhún sé na cuirtíní sa seomra agus thug sé aghaidh ar an seomra codlata. Bhí sé breá sásta go raibh dochar déanta aige don chomharsa ghránna a scanraigh a bhean chéile álainn.

8. INA CHOGADH DEARG

Ba é Liam a d'éirigh ar dtús maidin Dé Sathairn. D'fhan Siobhán sa leaba, í tuirseach traochta tar éis imeachtaí na hoíche roimhe sin agus na seachtaine ar fad. Ghléas Liam é féin agus chuaigh sé síos an staighre. Bhí meangadh gáire air agus é ag smaoineamh ar an gcleas a d'imir sé ar na comharsana.

Isteach leis sa chistin. Chuir sé babhla leitean* isteach san oigheann micreathoinne*. D'oscail sé na dallóga agus doirse an *phatio*. Sheas sé taobh amuigh ar feadh tamaillín agus aoibh ar a aghaidh. Nuair a tháinig sé isteach arís bhí a chuid leitean réidh. Chuir sé síos an citeal agus thosaigh sé ag ithe a bhricfeasta.

Fad agus a bhí sé á ithe d'fhéach sé amach an fhuinneog. Thug sé Busyman faoi deara ar an mballa ar chúl an ghairdín agus é ag féachaint isteach sa chistin. D'aimsigh súile an chait súile Liam. Bhí olcas i súile an ainmhí agus fonn díoltais i súile an fhir. Ba shiombail de Labhrás é an cat, dar leis an bhfear sa chistin.

"Dá ngortóinn an cat ghortóinn Labhrás*," ar seisean leis féin. Bheadh an bua aige ar a namhaid* gránna. Bhí fead an ghail* ag éirí ón gciteal. Bhí sé díreach fiuchta*. Rith smaoineamh le Liam. Chuir sé síos a spúnóg.

D'éirigh sé as an gcathaoir go mall cúramach. Shiúil sé go deas réidh chuig an gciteal. Bhain sé den phláta leictreach é. Bhain sé an claibín* de agus cheil ar chúl a dhroma é.

Bhí an cat fós ar an mballa, súile bagracha fíochmhara* ina cheann i gcónaí. Níor chorraigh sé. Shiúil Liam síos an gairdín go mall ach fós níor chorraigh an cat, é ag tabhairt dhúshlán Liam. Bhí Liam ag stánadh airsean. Bhí gal an uisce ón gciteal ag dó lámha Liam ach ba chuma leis. Bhí Liam gar* do Busyman faoin am seo. Chuir dánacht an chait iontas air.

Go tobann chaith Liam an t-uisce. Chomh luath agus a chonaic an t-ainmhí lámh Liam ag gluaiseacht ghread sé leis* ach bhí sé rómhall. Scalladh* Busyman ag an uisce te. Lig sé cnead ghéar* as agus é ag imeacht leis ar cosa in airde. Ba bheag nár thit sé den bhalla. Bhí gliondar ar Liam mar gheall ar an ngníomh díoltais seo agus rinne sé gáire. Chas sé timpeall agus chonaic sé Siobhán thuas sa seomra codlata, a lámh ag clúdach a béil le scanradh. Bhí a ghníomh feicthe aici agus bhí déistin uirthi.

D'fhág Liam an citeal ar chuntar na cistine agus chuaigh sé suas staighre. Bhí Siobhán ina suí mar a bheadh dealbh* inti ar thaobh na leapa. Ise a labhair i dtosach.

"Tá tusa chomh holc céanna leis!"

"Céard?"

Níor thuig Liam í.

"Tá tú díreach chomh holc le Labhrás. Ní bhíodh an t-olc seo ionat ná an fhearg seo ort fadó. Ní ghortófá cuileog nuair a bhíomar óg, ná thall i Meiriceá. Anois bíonn fonn troda agus fonn díoltais ort i gcónaí. Tá tú cosúil leis na fir eile san ionad aclaíochta sin, lán le matáin agus le foréigean," ar sise.

"Ach, a Shiobhán . . ." arsa Liam, ach thuig sé go raibh an ceart aici.

Chuimhnigh sé ar imeachtaí na hoíche roimhe, an t-ionsaí a rinneadh uirthi, ar na glaonna ar na fruilchairr agus ar theacht na nGardaí.

"Ní bhuafaidh tú air mar níl tú cosúil leis. Níl an mianach* sin ionat. Beidh an lámh in uachtar aige ort i gcónaí; tá sé níos láidre agus níos glice agus níos nimhní* ná tusa . . ." ar sise, í beagnach ag caoineadh anois, "agus ní theastaíonn duine ar nós Labhráis uaim. Ní chodlóidh mé in aon leaba lena leithéid."

Ní raibh Liam in ann focal a rá. Mhothaigh sé ciontach – ciontach faoi gach rud: an t-achrann, an cat a scalladh*, an fonn díoltais a bhí air, gach rud! Chas sé le himeacht. Ag an bpointe sin dúirt Siobhán rud a chuaigh go smior* ann. Luaigh sí an rud a bhí ag dó na geirbe aici le fada an lá, agus dúirt sí os íscal é, faoi mar a bheadh sí ag rá na bhfocal deireanach a déarfadh sí choíche.

"Agus níl . . . mise . . . torrach."

Chrom Liam a cheann agus d'fhág sé an seomra faoi ghruaim*. Shiúil sé síos an staighre go mall tromchosach. Bhraith sé ciontach faoi sin freisin.

Nuair a shroich sé bun an staighre, mhothaigh sé ciontach gur fhág sé an seomra codlata, gur fhág sé a bhean chéile léi féin. Bhraith sé gur cladhaire* é. Isteach leis sa seomra suí. Bhí na cuirtíní fós dúnta agus bhí an seomra dorcha. Shuigh Liam ar an tolg, é cráite, céasta, ciaptha. Bhí Siobhán ina suí ar an leaba thuas staighre agus í ag stánadh amach an fhuinneog, í cráite, céasta, ciaptha freisin. Bhí saol gránna á chaitheamh acu i mbruachbhaile a n-áite dúchais. Bhí teipthe ar a saol.

Tar éis tamall a chaitheamh ag machnamh* faoi chúrsaí crua an tsaoil, d'éirigh Liam ina sheasamh agus d'oscail sé na cuirtíní. Níor chreid sé a bhfaca sé. Bhí fuinneoga an tseomra lofa le páipéar leithris agus uibheacha agus bhí plandaí an ghairdín amuigh ar an mbóthar.

"Íosa Críost!" a scread Liam amach in ard a ghutha. Tháinig Siobhán anuas an staighre faoi dheifir. "Féach ar an scrios atá déanta aige. Maróidh mé an bastún!" ar sé agus olc fíochmhar ina ghlór.

Bhí sé ar tí* rith amach nuair a ghlaoigh Siobhán air.

"A Liam, ná déan. Sin díreach an rud atá uaidh. Ná bí cosúil leis. Tá mise ag iarraidh an Liam Ó Maoilmhín a phós mé a fháil ar ais."

Sheas Liam ag an doras. Bhí a fhios aige go raibh an ceart ag Siobhán arís.

"Caithfimid stop a chur leis seo! Ní bhacfaimid leo níos mó. Beidh saol príobháideach* dár gcuid féin againn," a d'impigh sí air.

Bhí an ceart ag Siobhán, dar le Liam. Bhí sé go mór i ngrá léi agus níor theastaigh uaidh cur ina coinne. D'fhill sé ón doras, d'fhéach sé isteach ina súile agus bhíog* a chroí air. D'fháisc sé a bhean chéile álainn.

"Tar éis bricfeasta glanfaidh mise an fhuinneog agus cuirfidh tusa na plandaí. Seans go bhfásfaidh siad, ní bheadh a fhios agat," a dúirt Siobhán ag taispeáint a ceannais agus a cumas eagraithe. "Nílimid ag iarraidh go bhfeicfeadh Cathal an cruth atá ar an teach seo. Bíonn sé i gcónaí ag magadh faoi lucht na cathrach," arsa Siobhán, ag cuimhneamh go raibh deartháir Liam le teacht le geata a chrochadh.

Thosaigh Liam agus Siobhán ag obair leo go dícheallach. Níorbh fhada go raibh caoi* curtha ar chuile ní*. Lig siad orthu go raibh gach rud ceart agus cóir. Chonaic siad Learaí Ó Dúill istigh ina sheomra suí agus é ag obair le druil leictreach*. Thuig Liam cad a bhí ar bun aige. Ní raibh lampaí aige os cionn an tinteáin mar a bhí acusan. Bhí sé in éad leo. Bhí sé ag réabadh an bhalla le lampaí a chrochadh. "Ach ní féidir!" arsa Liam leis féin, "níl aon líne aibhléise sa bhalla sin. B'éigean a leithéid a bheith luaite sa phlean tógála – réabfaidh sé an balla!" Ansin chonaic Labhrás Liam ag stánadh isteach air.

Tháinig sé chomh fada leis an bhfuinneog, an druil fós ina lámh aige. Shín sé méar i dtreo Liam faoi mar a bheadh sé ag rá "buachaill dána, buachaill dána". D'iompaigh Liam thart agus chrom sé ar* a chuid oibre arís. D'inis sé an scéal sin do Shiobhán ag am lóin agus ba é an rud a dúirt sise ná, "Nílimid réidh fós leis an mbeirt sin thall."

9. Dún Daingean agus Athrú

Tháinig deartháir Liam agus chroch sé geata ag taobh-bhealach an tí. Cheannaigh Siobhán slabhraí agus glais mhóra agus chuir siad ar an ngualchró agus ar an scioból oibre iad. Tháinig Secure and Safe i rith na seachtaine agus chuir siad aláram sa teach. Chuir siad soilse braiteora* os comhair an tí agus ar chúl an tí.

Bhí taispeáint ghlaoiteora* acu anois ar ghuthán an tí a thaispeánfadh uimhir ghutháin aon duine a bhí ag glaoch orthu. Bhí na gutháin phóca in úsáid acu chomh maith. Dá mbeadh duine amháin acu ag siopadóireacht nó amuigh áit éigin, bheadh sé nó sí i dteagmháil leis an duine eile sa bhaile, agus bheidís in ann glaoch a chur ar na Gardaí dá mbeadh gá leis.

Chuirfeadh an teach dún daingean* i gcuimhne duit. Rinne siad socrú go bhfanfadh duine amháin acu sa teach i gcónaí, ar eagla na heagla. San oíche dhúnaidís na cuirtíní, lasaidís tine mhór agus shuídís ag breathnú ar chlár teilifíse. Uair nó dhó las an solas braiteora taobh amuigh ach ní raibh ann ach an ghaoth nó cat strainséartha éigin ag dul thar bráid. Luaigh Liam go raibh sé ag smaoineamh ar ghunna a cheannach ach thuig sé ón bhféachaint ina súile nach raibh sí ar aon intinn leis faoi sin.

D'athraigh sí an t-ábhar comhrá. Luaigh sí go raibh an Nollaig ag teannadh leo agus go mbeadh orthu iasacht a fháil ón gcomhar creidmheasa* áitiúil. Idir chúrsaí slándála agus chearrbhachas bhí siad bánaithe*. Ach má bhí féin bhí post maith acu araon agus teacht isteach réasúnta ard. Cheannaigh siad bronntanais dá muintir agus dá bpáistí baiste. Gheall siad do thuismitheoirí Shiobhán go dtabharfaidís aire dá dteach fad is a bheidís ar saoire. Bhí dhá theach faoina gcúram*, agus mhothaigh siad mar a bheadh madraí faire* iontu.

Shocraigh cúrsaí síos idir na comharsana agus iad féin. Bhí an aimsir imithe in olcas – bhí sí tar éis éirí an-gheimhriúil go deo. Bhí Deborah ag dul chuig an ngeallghlacadóir gach maidin ach fós ní thabharfaidís síob di. Tar éis seachtaine nó dhó ní raibh sí le feiceáil ag siúl na sráide ar maidin ar chor ar bith. Shíl Siobhán gur éirigh sí as an obair. Mhínigh Liam nach mbeadh mórán rásaí ar siúl an t-am sin den bhliain. Níor tharla aon rud as bealach idir an dá theaghlach ar feadh i bhfad. Bhí súil ag muintir Uí Mhaoilmhín go raibh an "cogadh*" thart.

Maidin amháin agus é fuar fliuch bhí an bheirt ag dul chuig a bpost. Shocraigh siad an t-aláram tí agus d'fhág siad an teach ina ndiaidh. Ar aghaidh leo ansin amach as an eastát agus isteach sa trácht trom. D'fhág Liam a bhean chéile ag a hoifig agus ansin thiomáin sé leis go dtí an t-eastát tionsclaíochta, áit a raibh sé féin ag obair. Thug sé faoi deara go raibh carr de chuid na nGardaí ina dhiaidh. Go tobann las na Gardaí soilse rabhaidh* a gcairr agus shéid siad ar an mbonnán. Tharraing Liam isteach. Níor thuig sé cad a bhí cearr. Ba ghearr gur thuig nuair a d'inis an Garda dó go raibh pláta cláraithe bréige ar chúl a chairr, ceann ó charr goidte.

Bhí iontas na n-iontas ar Liam bocht agus dúirt sé leis an nGarda nach raibh tuairim aige faoi conas a cuireadh an pláta céanna ar an gcarr. Ach thuig sé láithreach cé ba chúis leis. Ní dúirt sé dada leis an nGarda, áfach. Scríobh an Garda síos na sonraí* ar fad faoin gcarr agus faoin áit a raibh cónaí ar Liam. D'ordaigh sé dó pláta cláraithe cheart a fháil go luath agus go mbeadh sé á sheiceáil i gceann seachtaine. Bhí Liam ar buile. Ní raibh an cogadh thart fós.

An lá sin fuair sé am saor ón obair agus cheannaigh sé pláta cláraithe nua. Ghlaoigh sé ar Shiobhán agus d'inis an scéal di. Bhí ionadh an domhain uirthise chomh maith agus thuig sise freisin nach raibh cogadh na gcomharsan thart. Ach bhí sí cinnte de rud amháin – nach mbainfí amach aon díoltas air seo. Ní dhéanfaidís troid ina gcoinne a thuilleadh.

Oíche amháin bhí an bheirt abhus ina suí go deas suaimhneach sa seomra suí. Bhí Liam ag éisteacht le ceol, cluasáin ar a cheann, agus Siobhán ag léamh irise i suíochán mór compordach. Go tobann bhuail an guthán. Chuaigh Siobhán lena fhreagairt. D'aithin sí an uimhir ar an taispeáint ghlaoiteora. Uimhir ghutháin Uí Dhúill a bhí ann agus níor phioc sí suas an guthán. D'fhill sí ar an seomra suí. D'inis sí an scéal do Liam. Ghlaoigh muintir Uí Dhúill timpeall deich n-uaire i rith na hoíche sin ach fós féin níor fhreagair muintir Uí Mhaoilmhín oiread is aon ghlaoch amháin acu.

An mhaidin dár gcionn bhí muintir Uí Mhaoilmhín mall ag éirí. D'ith siad a mbricfeasta go tapa. Amach leo go dtí an carr. Sheiceáil Liam é go tapa. Bhí an pláta ceart air, ní raibh fuinneog ar bith briste ná dada eile as bealach. Shocraigh Siobhán an t-aláram tí agus chuir glas ar an teach. Bhí iontas uirthi nuair a chonaic sí carr Learaí amuigh ar an mbóthar in áit a bheith páirceáilte istigh i loc an tí. Bhí deifir chun na hoibre orthu, agus b'in an fáth nár thug Liam mórán suntais dó nuair a luaigh sí go raibh carr Uí Dhúill ar an mbóthar agus ní sa loc páirceála. Ba í an deifir chéanna ba chúis leis nár thug siad fuaim aisteach san inneall faoi deara ach oiread nuair a chas Liam an eochair. Chuir sé an carr isteach i ngiar* le cúlú amach as an loc páirceála. Bhrúigh sé a chos ar an troitheán luasaire*. Láithreach bonn d'imigh an carr ar luas lasrach* siar. Chas Liam an roth stiúrtha agus sheachain sé carr mór Learaí ar an mbóthar ach bhuail sé boscaí bruscair ar an gcosán. Leagadh iad agus scaipeadh an bruscar ar fud na háite.

Amach leis an mbeirt, iad suaite go maith ag an ngeit a baineadh astu. Chonaic siad Learaí agus é ina sheasamh ag fuinneog a thí ag croitheadh a chinn go mailíseach* agus straois gháire air. Eisean ba chiontach leis an eachtra seo. Ghlaoigh Liam ar mheicneoir. Bhailigh Siobhán an bruscar agus chuir ar ais sna boscaí é. Fuair siad tacsaí chun na hoibre an mhaidin sin, iad ciúin le teannas* agus neirbhíseach faoi bhagairt mhailíseach eile.

An tráthnóna sin bhuail Liam isteach chuig an meicneoir leis an gcarr a fháil ar ais.

Mhínigh an meicneoir dó gur cuireadh ocsaíd nítriúil* isteach san inneall agus go ndéanann a leithéid an carr a ghluaiseacht an-tapa ar fad. Thuig Liam láithreach an chleasaíocht* a bhí ar bun ag an rógaire trasna an bhóthair uathu. Dá mbuailfeadh sé a charr mór chosnódh sé an t-uafás airgid lena dheisiú. Bheadh orthu airgead cúitimh a íoc agus bheadh greim ag Ó Dúill orthu. Ach chuir eachtra na maidine iad ag smaoineamh faoi na comharsana thall – an amhlaidh go raibh ag éirí leo i gcoinne an teaghlaigh chontúirtigh trasna an bhóthair? Ní raibh freagra na ceiste acu fós.

10. An Nollaig ag Teacht

Sheiceáil Siobhán teach a muintire go rialta*. Bhí sé go breá slán. Bhí an t-ádh orthu gur imigh siad leo, a shíl sí. Bhí muintir Uí Dhúill ag ceiliúradh na Nollag gach oíche, cóisirí acu sa teach nó sa chathair nó i dtithe a gcuid cairde. Bhí Siobhán agus Liam sásta go raibh na comharsana gafa* ag ceiliúradh mar nach gcuirfidís isteach orthusan. Ní raibh flúirse airgid acu le caitheamh, pé scéal é. Thosaigh siad ag coigilt go tréan. Uair nó dhó smaoinigh Siobhán ar an ngrianán agus tháinig fonn goil uirthi. Bhí a cuid brionglóidí millte.

Tráthnóna amháin agus é ag cur seaca go trom tháinig carr de chuid na nGardaí. An Garda Ó Gallchóir agus Garda mná a bhí ann. Bhí siad ag déanamh fiosrúcháin* faoin bpláta cláraithe bréige agus labhair siad leo faoin timpiste freisin. Ní bhfuarthas tiománaí an chairr fós ach dúradh leo gur fear mór a bhí á thiomáint. Bhí na Gardaí go deas sibhialta agus cairdiúil. Mhothaigh Liam agus Siobhán go dona toisc go raibh baint acu le briseadh an dlí. Agus an bheirt Ghardaí ag fágáil an tí dóibh luaigh an Garda mná na comharsana agus go bhfuair siad glaonna gearáin faoi chóisirí glórmhara* san eastát go déanach san oíche. Ghearr Siobhán isteach uirthi.

"Saol ciúin, príobháideach atá againne. Níl aon bhaint againn leo níos mó."

Thuig sí nuair a bhí sé sin ráite aici nár cheart di "níos mó" a rá. Botún a bhí ann agus d'airigh siad beirt gur thug na Gardaí faoi deara é.

"Nollaig shona dhaoibh. Má theastaíonn aon rud uaibh nó má tá aon eolas agaibh ar mhaith libh é a roinnt linn, níl le déanamh ach glaoch a chur ar an stáisiún, agus m'ainmse a lua, más maith libh," arsa an Garda Ó Gallchóir go deas.

"Tá a fhios acu fúinn," arsa Siobhán nuair a dhún sí an doras.

"Tá a fhios," arsa Liam. "Tá a fhios, cinnte."

Mhothaigh an bheirt acu trína chéile, aiféala orthu go raibh aon bhaint acu lena gcomharsana gránna ach chreid siad go raibh siad ar thalamh tirim anois. D'fhanfaidís ciúin agus socair agus ansin bheidís slán sábháilte, dar leo.

Rinne siad iarracht ceiliúradh a dhéanamh don Nollaig. Cheannaigh Liam crann Nollag agus oíche Shathairn amháin chroch an bheirt acu na maisiúcháin ar an gcrann agus timpeall an tí ar fad. Bhí ganntanas airgid orthu agus faitíos orthu go mbeadh orthu an teach a dhíol dá gcaillfeadh ceachtar acu a bpost. Ach istigh ina gcroí féin ba chuma leo faoin teach. Bhí an bhrionglóid pléasctha* agus ní raibh ar siúl acu ach cur i gcéill*. Dá leanfadh an drochshaol ar aghaidh san athbhliain bheadh orthu imeacht as an áit, b'fhéidir. Ach bhí siad ag súil go dtiocfadh athrú ar a saol le linn na Nollag.

"Nach í aimsir na síochána í?" ar siad.

Cúpla lá roimh an Nollaig bhí Siobhán ag ullmhú dhinnéar na Nollag. Ní raibh a dóthain ábhar anraith* aici.

Dúirt sí go rachadh sí chuig an siopa. "Ní bheidh mé i bhfad," a ghlaoigh sí os ard agus í ag dul amach an doras.

Shiúil sí tríd an bpáirc áitiúil go dtí ollmhargadh Mhic Craith, an siopa áitiúil. Bhí an tráthnóna go deas ach bhí sé ina chlapsholas. Rinne sí deifir mar níor theastaigh uaithi teacht abhaile sa dorchadas. Shroich sí an siopa. Cheannaigh sí an t-ábhar anraith ach ag fágáil an tsiopa di bhuail sí le cara ón gclub *Tai Chi*. Thosaigh an comhrá agus lean an chaint agus an chabaireacht* ar aghaidh. Níor airigh Siobhán an t-am ag imeacht.

Nuair a d'fhág sí slán ag a cara bhí an oíche ag titim go tapa. Nuair a shroich sí geata na páirce bhí sé dorcha amach is amach. Bhí soilse lasta ar an tsráid, ar ndóigh, ach ní raibh solas ar bith istigh sa pháirc féin. Bhí faitíos a croí uirthi. Smaoinigh sí ar ghlaoch a chur ar Liam nó siúl ar ais chuig an bpríomhbhóthar agus an bealach fada abhaile a thógáil, ach thógfadh sé sin an-chuid ama, agus bhí dearmad déanta aici a fón póca a thabhairt léi.

"Beidh Liam ag ceapadh gur tharla rud éigin dom," ar sí léi féin. "Rachaidh mé go tapa tríd an bpáirc. Ní tharlóidh aon rud. Nach bhfuil mé beagnach sa bhaile cheana féin," ar sise.

Isteach sa pháirc léi. Shiúil sí go mall ar dtús agus ansin go tapa. D'fhéach sí taobh thiar di. Ní raibh aon duine ann. Lean sí uirthi ag siúl, greim docht daingean aici ar a mála bia. Bhí an aimsir ag éirí fuar. Dhún sí cnaipí muiníl* a cóta. Bhí sí fuar agus faiteach.

Go tobann chonaic sí duine ag teacht chuici. Bhí sé ag siúl go sciobtha. Ní raibh le feiceáil aici ach cumraíocht an duine*. Duine íseal go leor, fear óg ag deifriú ina treo, mála ar a dhroim, banda láimhe ar a lámh, hata olla* air. Bhí eagla a báis uirthi. Bhí aifeála uirthi gur tháinig sí an bealach seo.

Shiúil sí go mall, an-mhall ar fad. Chuardaigh sí an fón póca arís, ach ní raibh sé ann. Sheas sí ar chiumhais an chosáin. Bhí an scáth dorcha ag teacht níos gaire. Bhreathnaigh sí ar dheis agus ar chlé. Bhí sí cinnte go n-ionsódh sé í. Bhí sé ag sodar chuici, níos gaire agus níos gaire. Bhí soilse na cathrach le feiceáil go lag taobh thiar den cheo tiubh a bhí tar éis titim. Rinne sí cinneadh láithreach seasamh agus ligean dó dul thairsti. Tháinig an fear óg scafánta chomh fada léi. Sheas sí. "Gabh mo leithscéal," ar seisean agus d'imigh sé leis ar aghaidh, an deifir chéanna air i gcónaí.

D'fhan sí ina seasamh mar a bheadh dealbh inti, í ina staic. D'fhan sí nóiméad nó dhó ag iarraidh teacht chuici féin. Chuala sí na coiscéimeanna* ag imeacht uaithi. Lig sí osna faoisimh agus rinne sí gáire. "Amaidí, a Shiobhán," a dúirt sí léi féin.

Lean sí uirthi go meidhreach. Bhí sí sásta go raibh sí slán. Bhí an spéir go hiomlán dubh agus dorcha faoin am seo. Ar aghaidh léi, sceacha* ar gach aon taobh den chosán. Nuair a chas sí timpeall an chúinne bhí tuairim is dhá chéad méadar le siúl aici agus fios aici cá raibh geata a heastáit tithíochta féin.

Ach mhoilligh sí* luas a siúil. Cén fáth? Bhuel, bhí cumraíocht mhór mhillteach roimpi amach. Bhí díoscán bróg* le cloisteáil i bhfad uaithi. Bhí fuarallas léi. Tháinig scanradh uirthi arís. Bhí an duine mór os a comhair ag siúl go mall. Thosaigh sí féin ag siúl go mall freisin. Go tobann stop sé. Sea, fear a bhí ann go deimhin. Fear mór millteach, guaillí leathana aige, bróga reatha buí á gcaitheamh aige. Sheas Siobhán, gan chorraí* gan bhogadh.

"Tá an fear sin feicthe agam cheana," a dúirt Siobhán léi féin, "i dteach Learaí Uí Dhúill an lá a raibh an scannán pornagrafaíoch ar siúl acu. Eisean a d'oscail an doras dom." Tháinig mothú samhnais uirthi. Láithreach bonn d'airigh sí go raibh sí i gcontúirt. Chreid sí go raibh sé lena hionsaí.

Thosaigh Siobhán ag siúl go mall ina threo. Bhí sí ar buile léi féin nár thug sí a fón póca léi, ar buile freisin mar nach ndeachaigh sí abhaile an bealach fada agus imní an domhain uirthi mar go raibh fear dainséarach os a comhair amach. Thosaigh an fear mór ag siúl arís. Ní raibh le feiceáil aici roimhe seo ach a chumraíocht agus de réir mar a bhí sí ag druidim leis bhí sí in ann é a fheiceáil beagán níos fearr.

"Cara Learaí atá ann, Mitchell Mór, ceart go leor,"

a dúirt sí léi féin os íseal. Mhothaigh sí go dona. Bhí a croí ina béal le faitíos. Shiúil sé ar aghaidh ar feadh tamaill. Shiúil sise go mall agus go tromchosach. Gan choinne stop sé. Sheas. Níor chorraigh. Lean Siobhán uirthi, í ag siúl go réidh cúramach.

Ní raibh sí in ann dul ar an bhféar. Bhí toim agus crainn ísle gach áit, agus ba chinnte go mbainfí tuisle aisti. "Cá bhfios nach bhfuil dochar ar bith san fhear seo?" ar sí léi féin. Bhí sí ag teacht níos gaire dó. Níor thuig sí cén fáth ar stop sé i lár an chosáin.

Bhí sé ina sheasamh, a dhroim iompaithe léi, gan chasadh gan chorraí*. Bhí uirthi dul thairis. Tháinig sí níos gaire agus níos gaire agus níos gaire dó. Chuala sí torann éigin. Cad a bhí ar siúl? Ní raibh sí in ann smaoineamh i gceart. "Uisce," a dúirt sí léi féin, "torann uisce."

Bhí sí buailte leis anois. B'éigean di dul thairis. Shiúil sí thairis go deas réidh. Rinne sí casacht bheag* agus dúirt sí de ghlór lag fann, "Gabh mo leithscéal." Chas sé timpeall le breathnú uirthi. Ag an bpointe sin a thuig sí cén torann a bhí ann. Bhí sé ag déanamh a mhúin. "An rud lofa brocach," ar sí léi féin.

Sheas sí ina chuid fuail* agus í ag dul thairis. Lig sí cnead déistine aisti nuair a chonaic sí a raibh á dhéanamh aige. Bhraith sí gur steall* a chuid fuail uirthi. Léim sí tríd an tom gur thit sí ar fhéar na plásóige.

Sheas sí ansin agus í trína chéile. Rinne an fathach gáire, gáire mór gránna. Thosaigh Siobhán ag rith. Rith sí léi ach ní raibh sí cinnte an raibh sí ag dul sa treo ceart. Shroich sí geata na páirce faoi dheireadh, agus rith sí go dtí a teach féin. Bhí sí as anáil faoin am a raibh an tearmann seo bainte amach aici.

Chuir sí an eochair sa doras. Chas sí í. Isteach léi sa teach. Dhún sí an doras ina diaidh. Chaith sí an mála bia ar an urlár. Bhrostaigh sí suas an staighre. Ghlaoigh Liam uirthi ón gcistin agus í ag dul suas staighre faoi dheifir.

"Fáilte romhat abhaile, a stór. Tá tú deireanach! Ar casadh aon duine suimiúil ort?"

Níor fhreagair sí é. Bhain an bhean bhocht a cuid éadaigh di agus dheifrigh sí isteach sa chithfholcadán. Mhothaigh sí salach, lofa. Bhí sí ag croitheadh ó cheann go cos leis an ngeit. Tháinig Liam isteach sa seomra codlata. D'inis sí a scéal dó. Bhí samhnas airsean freisin.

"Caithfidh deireadh a theacht leis an drochshaol seo. Ní féidir linn leanúint ar aghaidh mar seo níos faide," a d'fhógair sé.

An oíche sin chuaigh an bheirt chráiteachán* a chodladh agus an t-aláram tí socraithe thíos staighre. Bhí siad faoi ghlas agus d'airigh siad go hainnis istigh ina dteach féin.

11. NOLLAIG DHONA DHAOIBH

Ar éigean a labhair an lánúin chráite an lá dár gcionn. Bhí siad beirt faoi bhrón. Shíl siad nach mbeadh deireadh leis an anró* go deo. Ní raibh ceachtar acu ag tnúth leis an Nollaig.

Tháinig Oíche Nollag. Bhí an bheirt acu sa seomra suí, soilse na Nollag ón gcrann ag lasadh an tseomra ach ní raibh istigh ina gcroí ach dorchadas. Amuigh ar an tsráid bhí a naimhde ag pacáil a gcairr le cásanna agus málaí móra. Bhí siad ag fágáil na Gaillimhe don Nollaig.

"Buíochas le Dia," a dúirt Liam os ard. "Beidh faoiseamh* beag againn. Ní bheidh siad in ann tada a dhéanamh orainn."

"Ná bí chomh cinnte sin faoi," a dúirt Siobhán agus í in ísle brí.

"Nollaig dhona dhaoibh!" a scread Labhrás amach os ard agus é ag cur glais ar a theach.

"Tá sé ag caint linn!" arsa Liam.

"Tá. Níl muinín dá laghad agam as. Tarlóidh rud éigin, fan go bhfeice tú," arsa Siobhán.

D'oscail Labhrás fuinneog a chairr agus bhéic sé amach.

"Nollaig dhona dhaoibh! Nollaig dhona dhaoibh!"
Thiomáin sé leis faoi luas lasrach amach as an eastát.
Bhí Debbie, fear mór na mbróg reatha buí a scanraigh
Siobhán agus Busyman in éineacht leis sa charr.

"Droch-chomhluadar ceart iad sin!" arsa Siobhán
agus í ag piocadh suas cárta Nollag a thit ar an talamh.
Cárta ó Fhionnbarra a bhí ann.

Beannachtaí na Nollag daoibh beirt. Tá súil
agam go bhfuil cúrsaí go breá i bPáirc an
tSrutháin. Buailfidh mé isteach chugaibh san
athbhliain. Bainigí taitneamh as an Nollaig.
                                    Fionnbarra & Nicola

"Nach mór an trua gur fhág sé Gaillimh. Bhí mí-
ádh ceart orainn nuair a tháinig muintir Uí Dhúill
isteach ina áit," arsa Siobhán.

"Tá an ceart agat," arsa Liam ach bhí suim caillte
aige ina chara dílis a chaith laethanta agus oícheanta
fada ina chomhluadar. Níor fhan Liam i dteagmháil
lena chara bíodh is go ndearna Fionnbarra an-chuid
iarrachtaí labhairt leis.

Bhí Liam trína chéile mar gheall ar an ísle brí seo ar
Shiobhán. Rinne sé iarracht a meanma* a ardú.

"Beidh Nollaig mhaith againn. Táimid le chéile
agus tá ár gcuid naimhde imithe. Ní féidir le haon rud
tarlú. Ní féidir leo taibhsí a chur chugainn." Rinne sé
gáire. Rinne Siobhán gáire beag freisin.

"Tá an ceart agat," ar sí, "ní féidir leo aon dochar
a dhéanamh. Nach bhfuil siad imithe uainn?"

Dhúisigh an bheirt maidin Lá Nollag agus

mhothaigh siad níos fearr agus níos sábháilte. Síos an staighre le Liam, gur las sé na soilse ar an gcrann Nollag. D'oscail sé na cuirtíní go himníoch. Níor tharla tada. Bhí an teach thall folamh, gan duine ná deoraí le feiceáil ann. Bhí an lá go hálainn, tirim agus fuar. Ní raibh puth gaoithe ann. Bhí gach rud i gceart. Bhí siad ar mhuin na muice.

D'ith an bheirt acu an bricfeasta. Chuir Siobhán an t-oigheann ar siúl. Chuir sí an turcaí isteach ann. Bhí sceitimíní áthais uirthi* den chéad uair le fada. Ba bhreá léi dá bhfanfadh an teaghlach trasna an bhóthair glan amach uathu go deo.

D'imigh an bheirt acu chuig aifreann na Nollag. Sheiceáil siad teach mhuintir Shiobhán tar éis an aifrinn. D'fhill siad abhaile ansin. Ní raibh mórán tithe eile ann san eastát a raibh daoine iontu. B'aoibhinn leo an ciúnas.

D'ullmhaigh Siobhán an dinnéar. Chabhraigh Liam léi. Chuir sé síos an tine freisin. Chuir siad glaonna gutháin ar a ngaolta ar fad ag cur beannachtaí na Nollag chucu. Bhí áthas ar thuismitheoirí Shiobhán cloisteáil uaithi. Bhí siad ag baint an-taitneamh as a saoire san Astráil.

Bhí Siobhán agus Liam sa seomra suí ag ól fíona, an bord cóirithe sa chistin. Bhí ceol ar siúl ar an seinnteoir dlúthdhioscaí, an teilifís ar siúl ach an fhuaim a bheith múchta, an turcaí á róstadh san oigheann, gach rud go breá suaimhneach. Thosaigh Liam ag feadaíl ar fhilleadh ón leithreas dó. Bhí ríméad air féin agus ar Shiobhán freisin.

"Cá fhad eile?" a d'fhiafraigh sé di.

"Uair an chloig nó mar sin," a d'fhreagair sí.

Chaith siad timpeall leathuair an chloig sa seomra suí, iad go deas compordach, sona agus sásta, ceol binn á sheinm, fuaim dheas ón oigheann, fíon blasta á ól acu gan buairt ná imní dá laghad orthu. Ansin dúirt Liam, "Déarfainn go bhfuil an turcaí réidh!"

"Ní féidir go bhfuil. Tá sé róluath fós," arsa Siobhán.

"Nach mothaíonn tú an boladh dóite sin?"

Bholaigh* Siobhán an t-aer. Mhothaigh sí boladh an turcaí a bhí á róstadh ach bhí boladh éigin eile ann freisin. Sheas sí. Sheas Liam agus d'fhág a ghloine ar an matal. Amach leo go dtí an chistin. Bhí an dá bholadh sa chistin.

"Céard é féin, a Liam?" arsa Siobhán agus imní uirthi.

"Níl a fhios agam, ach tá an boladh sin gránna, cibé rud é féin," a d'fhreagair sé.

Shiúil an bheirt acu timpeall an tí. Bhí an boladh gránna i ngach áit. D'oscail Siobhán doras na cistine. Ghlaoigh sí amach os ard ar Liam agus bhrostaigh sé amach chuici. Chonaic sé ansin é, séarachas* lofa ag teacht aníos trí chlúdach an phíopa séarachais. Mharódh an boladh eilifint. Tháinig Siobhán ar ais go dtí an seomra suí. D'fhéach sí amach an fhuinneog agus ansin bhris an gol uirthi.

"Iadsan is cúis leis seo," ar sí go cráite.

Bhí Liam ina sheasamh sa doras. "Ach níl siad anseo," ar seisean, "fadhb shéarachais í seo, fadhb leis na píopaí."

"Agus cén fáth a raibh 'Nollaig dhona dhaoibh' á screadach ag Learaí? Iadsan a rinne é, táim cinnte de," arsa Siobhan de ghlór caointe.

Chuaigh Siobhán suas an staighre.

"A Shiobhán, a Shiobhán, ná lig dóibh cur isteach ort. Éist, a Shiobhán, gabh i leith . . ." a d'impigh Liam uirthi.

Bhí Siobhán croíbhriste. Lean sí uirthi suas an staighre, gan freagra a thabhairt air. Chuaigh sí isteach sa seomra codlata gur thosaigh sí ag caoineadh. Ghlaoigh Liam ar an tseirbhís éigeandála*. Tháinig siadsan amach agus tar éis dhá uair an chloig oibre ghlan siad agus shocraigh siad na píopaí.

"Cén chaoi ar tharla sé?" a d'fhiafraigh Liam d'oibrí amháin.

"Sháigh comharsa éigin nuachtáin síos an píopa agus bhailigh siad le chéile ag an gcasadh in aice do thíse," an freagra a fuair sé.

Chuirfeadh neart an bholaidh ghránna fonn múisce ar dhuine. Shocraigh an lánúin chiaptha an teach a fhágáil an Lá Nollag sin agus dul chuig teach thuismitheoirí Shiobhán agus an dinnéar a ithe ansin.

Ní raibh mórán goile acu, áfach. Bhí oíche an-chiúin ar fad acu. Ar éigean a labhair siad, iad róchráite agus róchorraithe*.

"Ní rachaimid ar ais chuig an teach sin arís. Tá deireadh tagtha lenár saol ann," dar leo.

12. Ciúnas san Athbhliain

Níor fhill muintir Uí Mhaoilmhín ar an teach mallaithe úd. Shíl Liam go raibh Siobhán ar tí cliseadh néaróagach* a bheith aici. Bhí sé féin go dona. Bhí brú mór ar a n-intinn. Chaith siad Oíche Chinn Bhliana* sa teach ina raibh Siobhán ina cónaí agus í óg agus sona. Bhí cinneadh le déanamh acu go luath mar bheadh tuismitheoirí Shiobhán ag filleadh go gairid agus bheadh orthu féin dul ar ais ag obair arís. Labhair siad faoin bhfadhb agus rinne siad cur agus cúiteamh. Ansin chinn siad ar dhul ar ais chuig teach an mhí-áidh*. Bhí siad ag súil go n-éireodh níos fearr leo san athbhliain.

D'fhill an lánúin mhíshona ar theach a gcuid brionglóidí – "teach a gcuid tromluithe*" mar a thug siad anois air. Mheáigh siad cúrsaí agus shocraigh siad an teach a dhíol agus filleadh ar Mheiriceá. Bhí siad réidh le Gaillimh agus go háirithe le Páirc an tSrutháin. Scaip siad úraitheoir aeir* ar fud an tí leis an aer a ghlanadh. Chuaigh Liam chuig an obair ach bhí lá saoire breise ag Siobhán. Timpeall a ceathair a chlog an lá sin chonaic sí Learaí, Debbie agus Busyman ag teacht ar ais.

Ní raibh an fathach leo. Bhí cuma chantalach ar an mbeirt thall. Níor bhreathnaigh siad anonn ar theach Uí Mhaoilmhín.

Bhí cúrsaí an-chiúin ar fad san eastát ar feadh scaithimh. Bhí an aimsir an-fhuar, le sioc crua* go minic. Níor chorraigh aon duine amach. Níor tharla aon drochghníomh. Chinn an bheirt abhus ar a dteach a dhíol ach shocraigh siad gan imeacht go dtí an samhradh.

I lár mhí Eanáir thug siad faoi deara go raibh Debbie tosaithe ag obair arís, í ag siúl chun na hoibre gach lá. Uaireanta chonacthas Learaí sa seomra suí ach níor chorraigh sé amach as an teach. Bhí Busyman le feiceáil scaití, ach b'annamh é sin, é ag fanacht istigh freisin de bharr na drochaimsire*.

Ag deireadh Eanáir buaileadh tinn Siobhán le fliú. Bhí a scamhóga an-dona, í ag casachtach* i gcónaí agus í préachta leis an bhfuacht. B'éigean di éirí as an obair agus seachtain a chaitheamh ar an leaba ar ordú dochtúra. Chuaigh Liam chuig an obair ina aonar. Chonaic sé Debbie ar an gcosán, ag siúl léi féin agus a ceann crochta. Ní raibh sé in ann dul thar bráid. Stop sé an carr. Thairg sé síob di. Ghlac sí leis. Bhí sí níos ciúine ná uaireanta eile.

Cheap Liam go raibh sí athraithe roinnt ach ní raibh sé in ann an t-athrú a mhíniú i gceart. Ní raibh aon aighneas le brath uaithi níos mó. "Seans go bhfuil deireadh leis an achrann," ar sé leis féin tar éis dó Debbie a fhágáil ag siopa an gheallghlacadóra.

An oíche sin d'inis sé do Shiobhán gur thug sé síob

do Debbie, agus mhínigh sé an t-athrú a thug sé faoi deara. Dúirt sé léi gur bhreathnaigh sí agus gur iompair sí í féin ar shlí rud beag difriúil agus gur shíl sé go raibh na trioblóidí thart.

"Feicfimid!" arsa Siobhán agus amhras le sonrú ina guth.

Thug Liam síob do Debbie aon uair a chonaic sé í ach ní dheachaigh sí chun na hoibre* gach lá. Tháinig biseach ar Shiobhán agus d'fhill sí féin ar an obair. Uair amháin thairg Liam síob do Debbie ach dhiúltaigh sí nuair a chonaic sí Siobhán sa charr. Ní dhearna sí ach bréag-gháire béasach agus dúirt gurbh fhearr léi siúl is go ndéanfadh an t-aer úr maitheas di. Thug Siobhán faoi deara go raibh sí rud beag aisteach freisin ach ní raibh sí in ann méar a leagan air ná a rá go cinnte cén t-athrú a bhí tagtha uirthi. Ach bhraith siad gur theastaigh uaithi Siobhán a sheachaint* ar chúis éigin.

Tháinig deireadh leis an mí gan aon chur isteach orthu ó na comharsana thall. D'fhill muintir Shiobhán an tseachtain dheireanach den mhí. Bhí gliondar ar Shiobhán iad a fheiceáil. Ghabh a tuismitheoirí buíochas leo as ucht súil a choinneáil ar a dteach. Níor inis Siobhán aon chuid de scéal na Nollag ná scéal na gcomharsan dóibh.

Tháinig an t-earrach agus bhí gach rud ciúin agus socair fós. Chuala muintir Uí Mhaoilmhín roinnt achrainn is gleo ard trasna an bhóthair, Learaí ag béicíl agus ag screadach agus Debbie ag glaoch amach agus ag caoineadh. Ach fós féin ní fhacthas Learaí taobh amuigh dá theach lá ar bith.

Caithfidh gur tharla rud éigin dó, a cheap an lánúin abhus.

Tháinig athiompú* ar Shiobhán. Bhí sí lag amach is amach. Strus agus brú na bliana roimhe agus doineann an gheimhridh* a rinne é. Arís, ar ordú an dochtúra, b'éigean di fanacht sa bhaile ar feadh cúpla seachtain.

Le linn na tréimhse sin tharla dhá rud: bhí rud amháin acu iontach ar fad agus bhí an rud eile áiféiseach. Chuir an chéad rud áthas uirthi agus chuir an dara rud déistin uirthi.

13. DHÁ LITIR

Bhí an tine curtha síos ag Liam roimh dhul ar obair dó.
Las Siobhán í nuair a d'éirigh sí ag meán lae. Shuigh
sí cois tine, cupán caife á ól aici agus leabhar á léamh
aici. Tar éis tamaill thit a codladh uirthi. Na piollairí
a thug an dochtúir di ba chúis leis sin.

Dhúisigh sí as a sámhchodladh* nuair a buaileadh
cloigín an dorais. Amach léi go dtí an doras tosaigh
agus codladh uirthi fós. Cé a bhí ina sheasamh os a
comhair ach Fionnbarra. B'iontach léi é a fheiceáil.
Fear deas groí a d'ardódh croí duine ar bith. Tháinig
sé isteach, clúdach litreach ina lámh aige.

"Bhí mé ar tí é seo a chaitheamh isteach sa bhosca
litreach nuair a chonaic mé tú i do shuí cois tine. Tá
súil agam nár dhúisigh mé tú," a dúirt sé léi go
tuisceanach,* béasach.

Cuireadh bainise* a bhí aige dóibh, mar bhí sé féin
agus Nicola le pósadh sa samhradh. Bhí sé sa chathair
ar chúiseanna oibre agus shocraigh sé bualadh isteach
leis an gcuireadh. Ghabh Siobhán buíochas agus
comhghairdeas leis. Bhí dreas deas cainte ag an mbeirt
acu, ag plé cúrsaí agus ag malartú scéalta.

Luaigh Fionnbarra na teachtaireachtaí ríomhphoist* a sheol sé chuig Liam. Shíl sé gur tharla rud éigin nó go ndearna sé rud as bealach air nó orthu. D'inis Siobhán bréag, ag rá go ndearnadh dochar don ríomhaire agus gur chaill sé an-chuid eolais agus comhfhreagrais dá bharr. Chuir sí bréag eile leis an mbréag sin nuair a dúirt sí gur chaill siad a uimhir ghutháin freisin. D'aithin sé gur ag insint bréige a bhí sí agus chlaon sé a cheann.

Chuir Fionnbarra ceist ar Shiobhán faoi na daoine nua ina shcanteach. D'fhreagair sí é, ag rá go raibh siad go breá, agus ansin d'athraigh sí an t-ábhar cainte go tapa. Tar éis tamaill d'iarr Fionnbarra cead leithris. Sheiceáil Siobhán go raibh tuáille glan sa leithreas thíos faoin staighre.

Ar a bealach ar ais chonaic sí clúdach litreach ar an urlár sa halla. Phioc sí suas é. Chuaigh an cuairteoir chuig an leithreas agus léigh sise an litir. Bhain ábhar na litreach geit aisti – litir ó Learaí Ó Dúill! D'éirigh sí mílítheach* agus ba bheag nár thit sí i laige. Shuigh sí síos. Léigh sí an litir arís. Níor chreid sí a súile. Tháinig fonn goil uirthi*. Ba é an rud a bhí scríofa ag Learaí ná go raibh Debbie torrach, gurbh é Liam athair an pháiste agus gur theastaigh airgead uaidh mar íocaíocht. Bhí a súile lán le deora nuair a d'fhill Fionnbarra. Bhí iontas air nuair a chonaic sé drochbhail a sheancharad*. Thuig sé ar an bpointe gurbh í an litir a bhí i lámh Shiobhán ba chúis leis an gcuma dhuairc seo.

"Céard a tharla?" a d'fhiafraigh sé go deas di.

"Tada, drochscéal ach ní haon rud mór é, go raibh maith agat," a d'fhreagair sí go brónach.

Bhraith Fionnbarra as áit sa seomra céanna le Siobhán.

"Buailfidh mé bóthar. Fan tusa anseo agus déanfaidh mé féin mo bhealach amach," ar seisean.

Bhí cloigeann Shiobhán cromtha* i gcónaí agus a guth an-chorraithe.

"Tá go maith. Slán leat. Cuirfidh Liam glaoch ort."

D'fhág sé an seomra, dhún sé doras an tseomra suí agus d'oscail sé an doras tosaigh. Stad sé agus d'fhan sé ansin ina sheasamh ar feadh nóiméid.

Stán sé amach roimhe. Ba léir go raibh rud éigin nó duine éigin tar éis iontas a chur air. Tháinig sé ar ais, d'oscail sé doras an tseomra arís agus labhair sé go lách le Siobhán.

"A Shiobhán, an bhfuil aon bhaint ag Learaí Ó Dúill leis an litir sin?"

Bhreathnaigh sí air agus iontas uirthi. Ní raibh ainm a comharsan luaite aici leis.

"Cén chaoi . . . ? Learaí O Dúill! Cén chaoi a bhfuil a fhios agatsa faoi?"

D'inis Fionnbarra di go raibh sé tar éis é a fheiceáil ag doras a sheantí féin.

"Drochdhuine as cathair Luimnigh é," arsa cara Shiobhán, "agus is é is cúis le gach cineál trioblóide pé áit ina mbíonn sé."

"Bhuel, tá an ceart agat. Tá baint aige leis an litir," ar sí.

"Ná creid aon rud a deir sé. Is duine gan mhaith é. Dhéanfadh sé agus déarfadh sé rud ar bith lena chuid mianta a bhaint amach. Baineann sé mí-úsáid as chuile dhuine a chasann air," ar sé.

Níor theastaigh uaithi a rá cad go díreach a bhí sa litir sula labhródh sí le Liam mar go raibh eagla uirthi go mbeadh cuid den fhírinne ann. Bhí muinín aici as ach . . . !

D'inis Siobhán scéal iomlán na ndaoine gránna trasna an bhóthair don chuairteoir. D'éist sé go cúramach léi, cuma thuisceanach air. Mhínigh Fionnbarra di gurbh as Luimneach é an Dúilleach agus gur gortaíodh é i dtroid i Londain, áit a raibh comhlacht tacsaithe aigc. Bhí cáil na ndrugaí air agus ba dhuine an-chontúirteach amach is amach é. Chomhairligh* sé di gan aon bhaint a bheith acu leis beag ná mór.

Lean sé air ag insint di faoi shaol trodach an Dúilligh – an Learaire a leasainm* sa bhaile. Bhí díocas ina chuid cainte. Bhí a dheartháir féin, Ciarán, ina bhleachtaire* sna Gardaí Síochána, agus é ag iarraidh teacht ar an Learaire le fada an lá. "Dá mbeadh sibhse toilteanach* cabhrú leis bheadh an-ghar déanta agaibh do na Gardaí agus don Stát," ar sé. Thug sé uimhir ghutháin Chiaráin di dá dteastódh uathu dul i dteagmháil leis faoi mo dhuine, nó dá mbeadh tacaíocht* d'aon chineál de dhíth* orthu.

Rinne caint Fhionnbarra maitheas di. Shuigh sí síos sa chathaoir chompordach os comhair na tine agus thosaigh sí ag machnamh nuair a d'imigh sé.

B'fhéidir go gcuirfeadh sí glaoch ar dheartháir Fhionnbarra. B'fhéidir go socródh seisean an t-aighneas seo.

"Ach an bhfuil an scéal sa litir fíor nó bréagach?" ar sí go himníoch léi féin.

Lean sí uirthi ag smaoineamh. Bhí Liam sa charr léi go minic, agus dúirt sé go raibh sí difriúil. Ansin níor theastaigh uaithi dul isteach sa charr nuair a bhí Siobhán ann . . . b'fhéidir go raibh cuid den fhírinne* sa litir seo.

"Ní dhéanfadh Liam a leithéid," ar sise ansin.

Ansin rith smaoineamh scanrúil léi.

"Seans go bhfuil Liam ar buile liomsa toisc nach bhfuil mise torrach. B'fhéidir go ndearna sé Debbie torrach le díoltas a bhaint amach ormsa nó go gceapann sé go bhfuilimse neamhthorthúil*," a dúirt sí léi féin agus imní uirthi. Ansin dúirt sí léi féin, "Dúisigh, níl Liam mar sin. Is iontach an duine é. Tá sé i ngrá liomsa. Éist, a bhean, díbir* na drochsmaointe sin as do cheann."

Tháinig Liam abhaile ag am tae. Labhair siad faoin trácht, lá Liam san oifig agus lá Shiobhán sa teach. D'inis sí dó faoi chuairt Fhionnbarra agus faoi shocruithe na bainise. Agus tar éis an tae agus an bheirt acu ag ligean a scíthe shín Siobhán an litir mhallaithe* chuig a fear céile. Léigh sé í agus thit an t-anam as. Chaith Liam an litir uaidh. Spréach sé*. Rug sé ar scian chistine agus bhéic sé amach.

"Fan go bhfaighe mé greim air!"

Bhí sé ar buile ar fad agus é ag deifriú amach i dtreo an tí thall.

"A Liam, a Liam, ná déan. Ní chreidim an tseafóid seo in aon chor. A Liam, ná bac leo. Tá plean agam," a ghlaoigh sí amach, ag iarraidh é a stopadh.

D'fhill sé agus fearg air fós. Bhain Siobhán an scian

as lámh a fir chéile. Bhí sise breá socair. Labhair sí leis de ghuth údarásach deimhneach*.

"Socróimid an choimhlint an babhta seo. Cuirfimid an ruaig orthu ag an am céanna agus déanfaimid sin de réir ár gcuid téarmaí féin . . ." arsa Siobhán.

14. Buaileann an Lánúin Abhus Bob ar an mBeirt Thall

D'aithin Liam an dáiríreacht* a bhí le sonrú i nglór agus i súile a mhná céile. Scaoil sé leis an teannas ina chorp. Lig sise amach a cuid feirge agus í ag insint dó faoin gcaoi a raibh fúithi an t-aighneas a chríochnú.

D'inis sí dó faoi Chiarán, deartháir Fhionnbarra, faoi na scéalta uafásacha faoi Learaí agus faoin gcabhair a bhí ag teastáil ó na Gardaí le breith air. Mheall sí Liam leis an bplean. Bhí cruth cliste air agus bhí an chuma air go n-éireodh leis.

Is é an rún a bhí aici ná go ligfeadh sise uirthi go raibh sí ar buile le Liam, go bhfágfadh sí é, go n-íocfadh Liam íocaíochtaí de dheasca "a bhotúin" le Debbie agus go dtiocfadh na Gardaí i gcabhair orthu. Bhí Liam sásta leis an bplean ach bhí iontas air go smaoineodh Siobhán ar a leithéid de chleasaíocht. Bhí amhras beag amháin air, áfach. Cheap sé nach gcreidfeadh Learaí an taispeántas*. Níor chaith ceachtar acu seal* ar stáitse riamh, agus níor aisteoirí maithe iad. Mura gcreidfeadh an teaghlach thall an bhréag bheadh an lánúin abhus crochta.

Bhí ruaille buaille ceart críochnaithe ar siúl i dteach

Uí Mhaoilmhín an oíche sin: gleo, torann, screadach, béicíl agus caoineadh. Bhí gach duine sa chomharsanacht in ann an taispeántas a chloisteáil. Chonacthas* Debbie ag an bhfuinneog thall ag breathnú amach ar theach an ghleo.

Chonacthas tacsaí ag tarraingt isteach os comhair an tí chéanna, málaí Shiobhán á gcaitheamh isteach ann, í féin ag dúnadh an dorais de phlab* ina diaidh, ag caitheamh eochair an tí ar an talamh agus ag greadadh léi isteach sa tacsaí.

D'imigh sí léi go dtí teach a muintire. Sheas Liam ag an bhfuinneog, a lámha ar a chromáin*, ag féachaint ar a bhean ag imeacht uaidh. Chonaic sé cuirtíní ag bogadh sa teach thall bhí an eachtra nó an taispeántas feicthe acu.

"Go maith," arsa Liam leis féin, "tá céim a haon críochnaithe."

Mhothaigh Liam gur éirigh leis an gcéad chéim den phlean ach bhí beagán iontais air go raibh Siobhán chomh maith sin ag an gcur i gcéill. Bhí sé breá sásta nach raibh ann ach cur i gcéill. Dá dtarlódh sé go raibh raic eatarthu agus dá bhfágfadh sí é go fírinneach bheadh a mhalairt de scéal ann. Ghlaoigh Siobhán ar Liam ar ball.

"Bhuel?" ar sise.

"Bhuel, chreid siad é, agus *fair play* duit, rinne tú an-phíosa aisteoireachta."

Bhí an dara céim le teacht. Bhí cumas aisteoireachta* ag teastáil ach ní raibh an tallann* chéanna ag Liam is a bhí ag Siobhán. Bhí na Gardaí

Síochána curtha ar an eolas faoin scéal, agus ba é deartháir Fhionnbarra an duine teagmhála*. Bhí sé lánsásta cabhrú leo agus plean Shiobhán a chur i gcrích.

Bhí tuismitheoirí Shiobhán ar an eolas faoi chúrsaí anois freisin. D'inis Siobhán an scéal ar fad dóibh faoi na comharsana. Bhí ionadh agus fearg ar a muintir nár iarr siad cabhair orthu.

An lá dár gcionn chuir Liam glaoch gutháin ar Learaí, den chéad uair ó cuireadh deireadh leis an gcumarsáid* idir an dá theaghlach. Shéan sé* gach rud le Learaí. Dhearbhaigh sé* gur mhála mór de bhréaga a bhí sa litir sheafóideach a scríobh Debbie. D'inis sé dó gur fhág Siobhán é mar gheall ar bhréag na litreach.

"Airgead! Táim ag iarraidh mo chuid airgid, cúig chéad euro in aghaidh na seachtaine!" a bhéic sé síos an fón ar Liam. Leag sé síos an guthán.

Bhí an dara céim i bhfeidhm anois agus bhí éirithe le Liam taispeántas aisteoireachta a thabhairt freisin.

Bhí an tríú céim le cur i bhfeidhm fós. Scríobh Liam litir chuig Learaí, rinne sé cóip di agus chuir cúig chéad euro isteach léi sa chlúdach. Scríobh sé sa litir go raibh deacracht aige teacht ar an méid sin airgid agus go mbeadh air iasacht a fháil ón mbanc agus seomraí sa teach a ligean amach ar cíos le hairgead a thuilleamh. Dúirt sé arís nárbh eisean athair an pháiste agus d'iarr sé air gan Debbie a chreidiúint, go raibh sí ag insint bréige.

Chaith sé an litir isteach sa bhosca litreach agus thug sé na sála air ó dhoras an tí chomh tapa in Éirinn agus ab fhéidir leis. Dhá lá ina dhiaidh sin bhí fógra le feiceáil sa nuachtán áitiúil ag lorg tionóntaithe* do dhá sheomra codlata. Tháinig go leor daoine chuig an teach, daoine gléasta in éadaí aisteacha, cúpla cailín álainn ar bhreá leis iad a ghlacadh isteach ina theach murach é a bheith pósta, agus murach an chúis eile.

Ba í an chúis eile ná go raibh air glacadh le beirt fhear faoi leith, duine darbh ainm Ciarán agus duine eile darbh ainm Séamas. Gardaí a bhí iontu, mar ba é sin tríú céim an phlean – dearthár Fhionnbarra agus bleachtaire óg as Baile Átha Cliath a ghlacadh isteach sa teach.

Tháinig an bheirt fhear lena lán málaí a raibh éadaí agus trealamh faire* iontu. Tháinig an bheirt acu ag amanna difriúla. Ní raibh cuma Ghardaí orthu. Ní bheadh a fhios ag duine ar bith gur tháinig siad chuig an teach mar chuid de phlean na nGardaí Síochana, an plean a cheap Siobhán agus í ag iarraidh réiteach a fháil ar scéal scannalach litir Learaí Uí Dhúill.

Shocraigh an bheirt Ghardaí a gcuid trealaimh sa seomra tosaigh beag. Chodail siad sa seomra tosaigh eile. Bhí siad san airdeall* ar gach rud a bhí ar siúl sa teach thall de ló agus d'oíche. Bhí litreacha ag dul anonn is anall idir an dá theach, éileamh agus íoc*. Bhí méarloirg* ar gach litir, grianghraif agus fístéipeanna á ndéanamh de na himeachtaí sracaireachta* ar fad.

Uair amháin chuaigh Liam chuig an teach thall gur iarr sé ar Learaí labhairt leis. Tháinig sé chomh fada leis an halla le bualadh leis. Bhí cuma uafásach ar Learaí – ba chosúil le duine é a bhí ag tógáil drugaí agus a bhí in ísle brí. Labhair siad faoin airgead agus faoin gcúis a raibh an t-airgead á iarraidh.

Bhí Liam an-neirbhíseach agus an-imníoch faoin gcuairt seo mar bhí an comhrá ar fad á thaifeadadh* ag na Gardaí sa teach abhus, sreangáin is téip faoi cheilt ar a chorp. Nuair a cheap Liam go raibh go leor fianaise ar téip aige a chrochfadh an Dúilleach, ghlan sé leis go beo amach as an teach.

Dhá lá ina dhiaidh sin dúisíodh Liam nuair a chuala sé raic uafásach. Bhí an bheirt bhleachtairí imithe ach bhí Garda óg eile ina sheasamh ag barr an staighre. Dúirt sé leis gan imní a bheith air, go raibh ruathar á dhéanamh ar theach Uí Dhúill. Chuaigh Liam isteach sa seomra codlata beag ag tosach an tí. Chonaic sé an-chuid Gardaí timpeall, Ciarán agus Séamas ina measc. Chuala sé béiceach, caoineadh agus gleo* mór, soilse gorma charranna na nGardaí ag spréacharnach*. Chonaic sé an diabhal sin Learaí Ó Dúill á chur isteach i gcarr amháin de chuid na nGardaí Síochána agus a bhean thorrach á cur isteach i gcarr eile.

An mhaidin ina dhiaidh sin d'fhill Siobhán leis an nGarda óg, an Garda Ó Raghallaigh. Bhí lúcháir uirthi* a bheith sa bhaile arís agus in éineacht lena fear céile sa teach a mbíodh sí ag brionglóidigh faoi thall i Meiriceá.

Bhí an Garda óg an-chairdiúil, agus neart* scéalta aige faoin tréimhse a chaith sé féin i Meiriceá. Chaith siad go leor ama ag plé chúrsaí an tsaoil thall. Timpeall a cúig a chlog an lá céanna d'fhill Ciarán agus Séamas. Mhínigh siad eachtraí an lae dóibh: ní raibh Learaí sásta cabhrú leo. Bhí sé an-trodach agus bhí fadhb aige lena chuid néaróg. Bhí an seanbhualadh a fuair sé i Londain ag cur isteach air chomh maith le fadhb na ndrugaí. Sin an chúis a bhfanadh sé istigh sa teach i gcónaí, arsa Ciarán.

Chabhraigh Debbie leo tar éis di mála mór de bhréaga a insint dóibh ar dtús. D'athraigh sí a port nuair a tháinig Mitchell Mór isteach. Eisean athair an pháiste a bhí á iompar ag Debbie! D'inis seisean an scéal ar fad dóibh. Ghabh na Gardaí Mitchell i gCorcaigh ag an am céanna is a ghabh siad an bheirt eile i nGaillimh, agus thug siad go Gaillimh é. Tharla sé go raibh fuath aige do Learaí mar gheall ar achrann* a tharla ag cluiche cártaí le linn saoire na Nollag. Sceith sé gach rud ar an Dúilleach, fiú gur thiomáin Mitchell é féin carr Liam oíche na timpiste.

Lean Ciarán air, ag rá gur thug Mitchell ainmneacha na gcairde cama* a bhí ag Learaí i Londain dóibh agus go raibh siad le fiosrúchán a chur ar bun thall go luath.

Ach an scéal ab fhearr ar fad do Liam agus do Shiobhán ná go ndúirt Learaí go ndíolfadh sé a theach nua i gcathair na Gaillimhe le híoc as an dlíodóir ab fhearr sa tír. Bhí faitíos orthu ansin go dtiocfadh sé ar ais le díoltas a bhaint amach orthu. Rinne Ciarán gáire nuair a chuala sé é sin.

"Níl aon seans go mbeidh seisean in ann an príosún a fhágáil go dtí go mbeidh sé ina sheanduine. Bhí baint aige le húsáid agus le díol drugaí," ar seisean leo, á suaimhniú.

Ní raibh aon duine le feiceáil thart ar theach Uí Dhúill. Socraíodh cás cúirte Uí Dhúill ag deireadh na bliana sin. Cuireadh fógra "Teach ar Díol" in airde sa ghairdín thall. Bhí muintir Uí Mhaoilmhín ag súil go mbeadh comharsana deasa acu an uair seo. Chonaic siad Busyman uair nó dhó tar éis imeacht a úinéara*, ach le teacht an tsamhraidh bhí sé féin imithe áit éigin, go heastát eile i nGaillimh, nó i Luimneach, b'fhéidir . . .

Ag deireadh an tsamhraidh chéanna bhí dea-scéala* ag muintir Uí Mhaoilmhín. D'fhill Siobhán ón dochtúir le scéala go raibh sí torrach. Bhí gliondar an domhain orthu.

GLUAIS

Caibidil a hAon

scairt an ghrian = the sun shone
chruthaigh = created
a mhaisiú = to decorate
ceapach rósanna = rose bed
mianta = desires
ag teannadh leo = closing in
garraíodóireacht = gardening
nuair a fógraíodh = when it was announced
saothraithe = earned
d'airigh sí uaithi = she missed
go neamhbhalbh = bluntly
cúiteamh = reward
dearbháin = vouchers
lacáiste = discount
comhlacht ilnáisiúnta domhanda = global multinational
   company
mheáigh Liam cúrsaí = Liam weighed things up
bhí dhá chroí uirthi = she was over the moon
ceiliúradh = celebration
scoite = detached
galánta = posh
poncúil = punctual
dílis = loyal
lúb beag de shlabhra ollmhór = a small link in a huge chain

an brabús = profit
dhearbhaigh an t-inimirceach = the immigrant declared
práinneach = urgent
teacht isteach rialta = regular income
ní raibh aon chall le streachailt = there was no need for struggle
coigilt = save
bhí socraithe acu = they had made up their minds

Caibidil a Dó

ag spaisteoireacht = strolling
i gcoirnéal an eastáit = in the corner of the estate
ceantálaí = auctioneer
ina seilbh = in their possession
morgáiste = mortgage
ina glac = in her hand
súgach = tipsy
go paiseanta = passionately
bhí fuadar faoi dhaoine = people were fussing about
comhartha = sign
an-fhiosrach = very inquisitive
téagartha = stout
foilt thiubha = thick locks
abhus = on this side
fionn buidéil = bottle blonde
d'iompair sé an bhean thar thairseach an tí nua =
he carried the woman over the threshold of the new house

Caibidil a Trí

chomh dícheallach = as diligently
ag treabhadh = earning one's living

cianrialtán = remote control
neamhphearsanta = impersonal
sa ghairdín cúil = in the back garden
fiailí = weeds
ar cipíní = excited
leath straois gháire = a smile spread
clapsholas = dusk
taobh-bhealach = side-entrance
go pioctha = sprucely
an claibín = the lid
jóc = joke
na háitreabhaigh = the residents
ag síorgháire = constantly laughing
an crann solais = the chandelier
cúthail = shy
feoilséantóirí = vegetarians
glantachán = cleaning
foirfe = perfect
dóite = burned
na soithí = the dishes
sa mhiasniteoir = in the dishwasher
cleachtaí = exercises
aclaí = fit
ballraíocht = membership
matánach = muscular
os comhair na gcomharsan = in front of the neighbours

Caibidil a Ceathair

máthairchomhlacht = parent company
mana = motto
an drochbhail = the bad state
chomhairligh sé dó = he advised him

droch-chlú agus drochíomhá = bad reputation and bad image

d'airigh Liam an-chiontach = Liam felt guilty

easpa measa agus easpa dílseachta = lack of respect and loyalty

drabhlás = a binge of drinking

ag cur dallamullóige orthu = pulling the wool over their eyes

mheall sé Liam = he coaxed Liam

ró-réchúiseach = too easygoing

d'ól siad a ndóthain = they drank their fill

leathshúil = one eye

caol díreach = directly

grianán = conservatory

scaití = now and then

éirí in airde = full of themselves

ag déanamh áibhéile = exaggerating

dúr = dull

loc = driveway

míshuaimhneach = uneasy

a chliabhrach = his chest

toll = hollow

scata fear = a group of men

ag straoisíl = grinning

bhí barr a thóna le feiceáil = the top of his backside was showing

thug sí do na sála é = she rushed away.

Caibidil a Cúig

bhraith sí = she felt

chinn sé go rachadh sé = he decided that he would go

ag tnúth = looking forward to

torrach = pregnant

díomách = disappointed
in ísle brí = depressed
ní óladh sé = he didn't use to drink
giúmar = humour
gealt = mad person
imeachtaí rúnda = secret activities
ag cur geallta = putting bets
siopa geallghlacadóra = bookmaker
srannadh = snoring
lig sí osna = she sighed
bhí a phearsantacht athraithe le déanaí = his personality had
   changed lately
bearna = gap
póit = hangover
folláin = healthy
dheifrigh sí = she rushed
neirbhíseach = nervous
láthair na timpiste = scene of the accident
béasach = polite
i dteagmháil = in contact
cuma chráite = tormented look
cuma scanraithe = scared look
le ceangal = furious

Caibidil a Sé

na comhráite laethúla = the daily conversations
aon scéala = any news
is óinseach cheart chríochnaithe í = she is a right fool
uisce faoi thalamh = intrigue
d'aithin siad tú = they recognised you
soineanta = innocent
ionad díolacháin drugaí = a place for selling drugs

bíodh muinín agat asamsa = trust me
ag nochtadh a croí = opening her heart
cuirtíní mogallacha = net curtains
ná bíodh aon eagla ort = don't be afraid
ligthe amach = let out
cearr = wrong
ag fuáil = sewing
réitithe = resolved
ar bior = impatient
mhúscail = awakened
ag ceilt rudaí = concealing things
rún = secret
an-chorrthónach = unsettled
coir = crime
comhghairdeas = congratulations
tarraiceán = drawer
déshúiligh = binoculars
meantán gorm = blue tit
na súile nimhneacha = bitter eyes
cuma bhagrach = threatening look
ionad dramhaíola = dump
cáin bhóthair = road tax
árachas = insurance
náirithe = embarrassed
na cáipéisí = the documents
bhí sí deimhin de = she was sure of it
ar an tsíleáil = on the ceiling
tromchroíoch = heavy-hearted
alltacht = astonishment
athbhliain = new year
siúráilte = sure
iasacht = loan
croitheadh = shake
ag cur allais = sweating

níor sheiceáil mé = I didn't check
tháinig múisiam uirthi = she became upset
duibheagán = abyss
i súile a fir chéile = in her husband's eyes
radharc = sight
a scanraigh í = that scared her

Caibidil a Seacht

an-ait = very strange
ag blasachtach = licking lips
a chorróga = his hips
cruatan = hardship
gual = coal
clúdach an ghualchró = cover of the coal bunker
níor thairg siad = they didn't offer
comhlacht slándála = security firm
costas an-ard go deo = extremely high cost
thomhais sé = he measured
i lár an urláir = in the middle of the floor
inár dtreo = in our direction
dhá tholglann = two lounges
sáinnithe = pinned in
thug sé fáscadh di = he gave her a hug
díoltas = revenge
roth stiúrtha = steering-wheel
an t-achrann = the quarrel
comhoibriú = co-operation

Caibidil a hOcht

babhla leitean = bowl of porridge
oigheann micreathoinne = microwave oven
dá ngortóinn an cat ghortóinn Labhrás = if I hurt the cat I
  would hurt Labhrás
namhaid = enemy
fead an ghail = the whistle of the steam
fiuchta = boiled
claibín = lid
súile bagracha fíochmhara = fierce threatening eyes
gar = close
ghread sé leis = he made off
scalladh = was scalded
cnead ghéar = sharp groan
dealbh = statue
mianach = makings, inherent quality
níos nimhní = more bitter
dó an chait = burning of the cat
go smior = to the marrow
faoi ghruaim = gloomy
cladhaire = coward
ag machnamh = reflecting
ar tí = about to
príobháideach = private
bhíog = moved
caoi = order
ní = thing
druil leictreach = electric drill
chrom sé ar = he started

Caibidil a Naoi

soilse braiteora = sensor lights
taispeáint ghlaoiteora = caller display
dún daingean = secure fort
ón gcomhar creidmheasa = from the credit union
bánaithe = emptied
faoina gcúram = under their responsibilty
madraí faire = guard dogs
cogadh = war
soilse rabhaidh = emergency lights
na sonraí = the details
i ngiar = in gear
troitheán luasaire = accelerator
ar luas lasrach = at lightning speed
go mailíseach = maliciously
teannas = tension
ocsaíd nítriúil = nitrous oxide
an chleasaíocht = trickery

Caibidil a Deich

go rialta = regularly
gafa = occupied
ag déanamh fiosrúcháin = inquiring
faoi chóisirí glórmhara = about noisy parties
pléasctha = exploded
cur i gcéill = pretence
ábhar anraith = ingredients for soup
cabaireacht = gossiping
cnaipí muiníl = neck buttons
cumraíocht an duine = outline of the person
hata olla = woollen hat

coiscéimeanna = steps
sceacha = bushes
mhoilligh sí = she slowed
díoscán bróg = squeaking of shoes
gan chorraí = without moving
casacht bheag = small cough
ina chuid fuail = in his urine
steall = splash
an bheirt chráiteachán = the two tortured people

Caibidil a hAon Déag

anró = hardship,
faoiseamh = relief,
meanma= spirits, morale
sceitimíní áthais uirthi = excited
bholaigh = smelled
séarachas = sewage
an tseirbhís éigeandála = the emergency service
róchorraithe = too upset

Caibidil a Dó Dhéag

cliseadh néarógach = nervous breakdown
Oíche Chinn Bhliana = New Year's Eve
teach an mhí-áidh = house of bad luck
tromluithe = nightmares
úraitheoir aeir = air freshener
sioc crua = hard frost
de bharr na drochaimsire = because of the bad weather
ag casachtach = coughing
chun na hoibre = to work

a sheachaint = to avoid
athiompú = relapse
doineann an gheimhridh = bad weather of winter

Caibidil a Trí Déag

sámhchodladh = deep sleep
tuisceanach = understanding
cuireadh bainise = wedding invitation
teachtaireachtaí ríomhphoist = e-mails
mílítheach = pale
fonn goil = feel like crying
drochbhail a sheancharad = bad state of his old friend
cromtha = bent down
chomhairligh sé = he advised
leasainm = nickname
bleachtaire = detective
toilteanach = willing
tacaíocht = support
de dhíth = needed
fírinne = truth
neamhthorthúil = infertile
díbir = banish
litir mhallaithe = cursed letter
spréach sé = he was infuriated
deimhneach = definite

Caibidil a Ceathair Déag

dáiríreacht = seriousness
taispeántas = display
seal = while, period of time

chonacthas = was seen
de phlab = with a thud
ar a chromáin = on his hips
cumas aisteoireachta = acting ability
tallann = talent
an duine teagmhála = the contact
an chumarsáid = the communication
shéan sé = he denied
dhearbhaigh sé = he declared
tionóntaithe = tenants
trealamh faire = surveillance equipment
san airdeall = on alert
éileamh agus íoc = demand and pay
méarlorg = fingerprint
sracaireacht = extortion
a thaifeadadh = to record
gleo = noise
ag spréacharnach = flashing
bhí lúcháir uirthi = she was delighted
neart = plenty
cairde cama = crooked friends
imeacht a úinéara = departure of his owner
dea-scéala = good news